IL SUO MILIARDARIO ROCKSTAR

CATTIVI RAGAZZI MILIARDARI, LIBRO 2

JESSA JAMES

ISCRIVITI ALLA NEWSLETTER

Iscriviti alla mia mailing list per essere il primo a sapere di nuove uscite, libri gratuiti, prezzi speciali e altri omaggi di autori.

http://ksapublishers.com/s/bx

Il Suo Miliardario Rockstar: Copyright © 2017 di Jessa James

Tutti i diritti riservati. Nessuna parte di questo libro può essere riprodotta o trasmessa in alcuna forma con nessun mezzo elettronico, digitale o meccanico, incluse, pur non essendo le sole, attività quali fotocopie, registrazioni, scanner o qualsiasi altro tipo di raccolta di dati e sistema di reperimento di informazioni senza il permesso esplicito e scritto dell'autore.

Pubblicato da Jessa James,
James, Jessa
Il Suo Miliardario Rockstar

Copyright di copertina 2020 di Jessa James, autrice
Immagini/foto di: Deposit Photos: VitalikRadko; 4045qd; Ssilver

Nota dell'editore:
Questo libro è stato scritto per un pubblico adulto. Questo libro può contenere scene sessuali esplicite. Le attività sessuali incluse nel libro sono pure fantasie per adulti e ogni attività o rischio

corso dai personaggi della finzione nella storia non è né approvato né incoraggiato dall'autore o dall'editore.

CAPITOLO 1

Kit

Ogni ragazzo ha avuto una ragazza che poi è sparita. Che gli ha aperto un mondo e poi gliel'ha sconvolto. Già, anch'io ne ho avuta una. Crystal Kerry. Il solo pensiero del suo nome era come un pugnale nel mio cuore. Mi faceva indolenzire le palle. Era perfetta. Il mio fottuto amore liceale. Sì, un amore.

Avevo dimenticato quanto cazzo fosse affollata New York e quanto dovessi sgomitare fra tutta la gente sul marciapiede. Dio, era folle. Non ero ancora Kit Buchanan, cantante dei Nightbird. Ero un ragazzo qualunque nel mare dell'umanità. E meno male cazzo. I miei pensieri volavano ancora verso Crystal e non avevo bisogno di una fan da abbracciare, di un selfie o un autografo sulle sue tette. Volevo crogiolarmi sulla ragazza che mi aveva lasciato. No, quella che avevo asfaltato e fatto in mille pezzi, come un carro armato su un dolce, morbido e innocente gattino.

Crystal era stata l'unica. Era stata carina e gentile, sempre con un sorriso per me, dal primo giorno del primo superiore. Si era trasferita al liceo di Whitfield come una studentessa con borsa di studio. I nostri compagni sapevano che venisse dai bassifondi. Poverina. Fiutarono il suo odore di famiglia operaia, anche se sembrava uguale a tutti gli altri con la divisa di scuola blu e verde.

Era stato difficile per lei inserirsi. Essendo bella. Tutte le ragazze che flirtavano – e scopavano con tutti i ragazzi - all'improvviso trovarono concorrenza. Non che Crystal avesse mai fatto qualcosa. Ma solo l'essere bella era sufficiente. I ragazzi la chiamavano carne fresca. Coi suoi capelli biondi e gli occhi azzurri, sembrava appartenere all'élite pur essendo come tutti noi. Ma, al contrario delle sue compagne, non sapeva di fare un certo effetto sugli altri. Non aveva idea di essere sexy. E non sexy nella norma, da provocare nei ragazzi il desiderio di una semplice scopata, ma sexy tanto da provocare intere notti di sogni bagnati. O da farsi una sega nella doccia pensando alle sue tette sode e alle sue lunghe gambe sensuali.

Io fantasticavo, ma non mi andava

giù che lo facessero anche gli altri. Specialmente i coglioni della squadra di lacrosse, che avevano deciso di stabilire un vincitore, colui che se la sarebbe scopata per primo. Volevano inzupparlo in quella ragazza squattrinata, e avevano cominciato a fare delle scommesse.

Gli avevo messo le mie mani addosso per porre fine quella cazzata. Le mie mani mi fecero guadagnare tre giorni di sospensione, ma lo avrei rifatto senza pensarci due volte. Nessuno avrebbe toccato Crystal. Nessuno... tranne me. Lei era mia. Lo capii la prima dannata volta che la vidi.

I miei genitori mi diedero il tormento per quella rissa. Per la sospensione. Per le ore sprecate a suonare la chitarra e a scrivere canzoni. Credo di averli ripagati con la stessa moneta. Per non essere diventato il figliol prodigo, il futuro amministratore delegato della Merdosa Industria Manifatturiera Buchanan, per non essere diventato il tipico Buchanan. Dio, ero un figlio di papà, ma me ne fregavo dei soldi, e preferivo una chitarra. Ero stato la fottuta pecora nera della famiglia. Lo ero ancora. E, vivendo in quella casa con i miei due fratelli più grandi, entrambi diplomatisi a Whitfield e poi laureatisi ad un college Ivy League, sentivo sempre più pressione.

Ma comunque me ne fregavo. Avevo abbandonato l'idea di seguire le loro orme quando avevo dieci anni e volevo seguire lezioni di chitarra piuttosto che suonare Beethoven col pianoforte. Sapevo di non essere bravo. Gli sforzi non mi premiavano.

Crystal, invece, voleva spiccare alla Whitfield. Cazzo, era la sua occasione, la sua opportunità per scappare da quella catapecchia in cui viveva. Con la madre che era uno zerbino e il padre più ubriacone che lavoratore, sapeva che era la sua unica via di fuga. E la stava percorrendo fottutamente bene. Aveva 10 in tutte le materie, era la migliore della classe. Era riuscita ad esserlo nonostante la seguissi ovunque come un pazzo malato d'amore. Ma l'amavo, la proteggevo. Era la mia vita, ed io ero molto di più di un semplice fidanzato. Ero il suo miglior amico. Mi aveva raccontato tutto. Mi aveva dato tutto.

Già, mi aveva dato un'occhiata e si era sciolta. In qualche modo, per qualche fottuto miracolo, si era innamorata del mio essere spigoloso, disadattato, menefreghista. Sapeva che ero il suo protettore, che avrei fatto di tutto per lei. Saremmo stati l'uno la prima volta dell'altra, ma non avevo preteso la sua verginità. No. Era stata lei a darmela una notte, nel retro del mio furgoncino. Ci eravamo innamorati. Ce lo eravamo anche detto. Mi ero spogliato lei era affondata sul mio ventre, nuda e bagnata, troppo per non far impazzire il mio corpo da diciassettenne. Crystal e Kit. Eravamo inseparabili. Sapevo di non meritarla. Ero un viziato figlio di papà. Non avevo mai lavorato duramente come lei. Era intelligente, così dannatamente intelligente, e io feci quel che potevo per proteggerla da quelle stronze invidiose, da quegli atleti che guardavano le stesse cose che guardavo anch'io. Non era solo intelligente, era anche splendida, piena di curve e con un sorriso illegale.

Io ero il peggiore di tutti. Un sorrisetto, un bacetto sexy, e avrei fatto tutto quello che voleva, persino studiare. E quindi, probabilmente, mi avrebbe rincoglionito col diploma. Mi avrebbe fatto ottenere dei voti più alti e, dunque, il diploma, e mi avrebbe fatto ascoltare il suo dolce discorso da oratrice. Mi aveva trascinato lungo la sua scia, fino a quando ci trovammo al bivio della nostra vita, quando mi incontrò un venerdì sera, dicendomi che aveva vinto la borsa di studio per Stanford, ma che l'avrebbe rifiutata per stare con me.

Fu allora che capii. Capii di non essere quello giusto per lei. Ero un vicolo cieco. Non sarei andato all'università. E cazzo, i miei genitori mi avevano minacciato di cacciarmi di casa se avessi inseguito ancora il sogno di una carriera musicale. E non parlavo delle fottute sinfonie.

No, Crystal sarebbe arrivata lontano. Ma non con me. Quindi stroncai la cosa nella maniera più efficace.

Feci in modo di far spargere la voce che ero andato a letto con Lindsay

Mack mentre mi ero preso anche la verginità di Crystal, senza però darle il mio cuore.

Non avevo toccato Lindsay. Ma Crystal non sapeva la verità.

Il mio cellulare squillò, riportandomi alla realtà. Lo tirai fuori dalla tasca, superando una donna col passeggino.

"Che c´'è?" Gridai al telefono.

"Il sound check è previsto per le quattro." Tia Monroe era una brava manager per la band, ma certe volte era un dito in culo.

"Va bene. Non mancherò. Potrei fare qualche minuto di ritardo." Non avevo idea di quanto tempo sarebbe passato se avessi rivisto Crystal.

"Ritardo? Perché?"

"Ho da fare." *Dovevo vedere qualcuno.*

Sentii Tia dire qualcos'altro, ma riattaccai. Terminai la telefonata.

Pensai a Crystal. Tia e la band potevano aspettare. Avevo passato gli ultimi dieci anni della mia vita sugli autobus e negli studi di registrazione, potevano aspettare trenta dannati minuti, così avrei potuto rivedere Crystal di nuovo.

Sapere che eravamo nella stessa città aveva rimesso tutto in ballo.

Cazzo, dopo dieci anni, mi contorcevo al ricordo della sua espressione, dopo averle detto cosa avevo fatto. Quello che *credeva* avessi fatto. Lindsay Mack se l'era fatta con tutta la classe e se ne fregava della bugia che avevo diffuso. Anzi, odiava Crystal e fu più che felice di asfaltarla con la sua unica abilità.

Con le lacrime che le scivolavano sulle pallide guance, si era voltata ed era scappata via. Era definitivamente uscita dalla mia vita. Dritta verso Stanford. Verso il college. E molto altro. Mi aveva detestato, probabilmente mi detestava anche ora, ma non era detta l'ultima. Era troppo per me, lo era sempre stata. Poteva odiarmi e seguire i suoi sogni.

Era riuscita a fare proprio quello per cui aveva tanto faticato. Aveva avuto successo. Cazzo se lo aveva avuto. Ecco perché mi ero fermato di fronte a quella saga di tre episodi, guardando le vetrine della libreria sulla Fifth Avenue. Lei era lì a firmare delle copie. L'avevo persa di vista quando era partita per la California, ma ora, sei mesi fa, avevo acceso la TV per guardarla come ospite, qui in città, nel più famoso programma in seconda serata.

Il romanzo che aveva scritto un paio di anni prima aveva scalato le classifiche del *New York Times,* aveva sfondato. La sua storia era stata venduta per svariati milioni di dollari, e ora lo stronzo più sexy di tutta Hollywood era seduto di fianco a lei, nella parte dell'eroe del thriller di spionaggio, l'eroe che aveva sempre sognato. E le toccava quella cazzo di spalla, flirtava con lei. E lei gli sorrideva, ma conoscevo quel sorriso. Fragile. Stressato. Così grazioso che il mio cazzo si mise sull'attenti quando la guardai, con quegli occhi blu, quelle labbra rosee. Lei fece l'occhiolino, e rideva, si muoveva bene di fronte al pubblico, ma conoscevo Crystal. La mia ragazza non amava stare al centro dell'attenzione.

E poi era ancora mia. Conoscevo ogni centimetro del suo corpo, sapevo come voleva essere toccata, baciata, scopata. Era famosa. Ricca. Non era più sul lastrico. Cazzo, ora era su una strada d'oro.

Quante possibilità avevo di beccarla in città? Quando avevo visto il suo volto su un gigantesco manifesto, sapevo di dover andare. Dovevo vederla, vedere sul suo viso un'espressione diversa da quella del dispiacere che le avevo dato. Quegli occhi tristi, quelle lacrime, mi avevano dato il tormento per un decennio. Non potevo privarla di Stanford a causa mia, ma vederla andare via mi aveva ridotto il cuore in mille pezzi.

La libreria era enorme. Tre piani. Era piena di fans in coda per fare firmare i libri a Crystal. Per sentirla parlare dei suoi personaggi, per capire come avesse inventato quell'incredibile trama.

Quelle persone potevano anche aver letto e adorato le sue opere, ma io rimanevo comunque il suo più grande fan. Ma amavo lei. Non le sue storie. Cazzo, tutta questa gente non si era allontanata per il suo bene. Il pianoterra era troppo affollato per raggiungerla. Diamine, ero a malapena riuscito a passare per la porta girevole.

La coda era lunga, serpeggiante, si avvolgeva su sé stessa. Notai una scalinata che portava al secondo piano, puntai a una balconata dalla quale avrei potuto vederla, anche solo di sfuggita. Sapevo, dalle foto della stampa, che portava ancora gli occhiali. Aveva ancora i capelli biondi, e quegli adorabili occhi azzurri. Era cresciuta, era diventata una donna. Si truccava. Portava i tacchi, vestiti alla moda. Niente più uniforme scolastica o lucidalabbra alla ciliegia.

Sistemandomi, mi sporsi sulla ringhiera per guardare giù. Era lì. Cazzo, a quella vista il mio cuore prese a palpitare. La prima volta dopo dieci anni. Le foto non le rendevano giustizia. Se da un lato mostravano la donna sicura di sé, autrice di quell'irresistibile libro, dall'altro nascondevano la sua personalità. La ragazza introversa che sorrideva perché doveva farlo. Il suo lato tranquillo che preferiva passare una serata a guardare un film, piuttosto che circondata da centinaia di fan accaniti.

Vedevo la tensione nelle sue spalle, anche se sorrideva e chiacchierava coi fans, firmando autografi di continuo. I capelli lisci, il grazioso abito blu, i tacchi eleganti. Era tutto così freddo. Dio, avrei voluto metterla a nudo, per mostrare a tutti la vera Crystal. Per trovarla di nuovo, per farla mia ancora una volta.

E quando si voltò per parlare con una donna dietro un tavolo accanto a lei, vivace e frizzante, coi capelli e il vestito rossi, in qualche modo mi lanciò un'occhiata. Mi vide. *Era come se sapesse che ero lì.*

I suoi occhi si ingrandirono. Le sfuggì un sorriso. E anche la penna le sfuggì di mano. Quei dannati occhi azzurri guardavano i miei, e io capii.

Come un fottuto coglione che aveva ricevuto un pugno nello stomaco, capii che sarebbe di nuovo stata mia. Ero già scappato una volta. Dieci anni prima, non avevo nulla da offrirle. L'avevo lasciata andare.

Non potevo farlo di nuovo.

CAPITOLO 2

Crystal

Non pensavo che si sarebbero presentate così tante persone. Vi mi aveva detto che sarebbe stato un grande evento, ma tutto ciò? Tutta questa calca. E solo per vedere me? Dio, non ero sicura di poter sorridere ancora. No, non mi sarei lamentata del mio successo. Il mio libro era andato meglio di quanto credessi. Non mi sarei mai aspettata di avere un agente, un agente che l'avrebbe venduto ad un editore di New York.

Cazzo, un agente che avrebbe venduto i diritti del film ad uno dei maggiori produttori di Hollywood. Non mi sarei mai aspettata di partecipare ad un talk show accanto ad uno degli attori più sexy del mondo. Il film sarebbe stato un successone. Un'attrice incantevole, troppo bella per essere vera, vincitrice di un Academy Award, recitava la parte della protagonista. Del mio libro!

Sì, volevo essere una scrittrice, ma tutto questo? Tutto questo era pura follia. Volevo soltanto tornarmene in hotel e farmi una doccia, indossare il mio tutone, una maglietta, e rilassarmi davanti a un bel libro e un bicchiere di vino. Niente rumori. Niente sorrisi. Cazzo, nessun contatto umano. Avevo bisogno di un po' di pace e tranquillità. La forza della folla era asfissiante.

L'attenzione che dovevo dare a tutti mi faceva letteralmente contorcere lo stomaco. E questo non era mai cambiato. Sì, ero cresciuta, avevo imparato a stare sotto i riflettori, ma sempre col bisogno di immergermi in un bel bagno caldo e gustare del buon vino per il benessere della mia sanità mentale.

Nel pieno di un tour promozionale lungo tre mesi, non potevo far altro che sorridere e firmare le copie. Fare discorsi di circostanza. Sorridere per i selfie. Abbracciare. Toccare. Stringere le mani. La mia agente pubblicitaria, Vivian, aveva pensato a tutto. Grazie al cielo. Non avrei voluto essere al suo posto, ma a lei piaceva curare tutto nei dettagli. Dettagli che riguardavano me. Certo, prendeva uno stipendio, ma era anche mia amica. Tranne in quel momento, quando mi passò l'ennesimo libro da firmare.

"Abbiamo quasi finito," sussurrò. Stavo per annuire e voltarmi verso il prossimo in fila, quando vidi lui.

Lui.

Cristo santo. Kit Buchanan.

Giuro che il cuore mi schizzò fuori dal petto. Mi stava guardando. Anzi, mi stava fissando così intensamente da penetrarmi fino alle viscere. Kit era lì... per me. Non era in fila, mi guardava e basta.

Poi fece un leggero cenno col capo. E nient'altro. I capelli scuri gli scivolarono sulla fronte. Erano più lunghi rispetto a quando eravamo alle superiori, ma da quel giorno lo avevo visto su una marea di copertine di riviste di gossip. Mentre io avevo fatto bingo col mio libro, lui aveva realizzato il suo sogno di diventare una rock star. Da quanto avevo letto sulle riviste aveva lavorato sodo con i membri della sua band, suonando per anni solo per piccole esibizioni. Poi avevano scritto una canzone, *Angel,* il tipo di canzone che ti apre le porte verso le maggiori case discografiche. Avevano firmato. Avevano fatto centro. Dischi di platino, premi, concerti in tutto il mondo.

Donne. Donne in ogni città, una donna diversa ogni notte. Festini, scopate. Era tutto scritto nei diversi articoli riguardo il famoso Kit Buchanan. Avevo letto e ingoiato ogni parola, cercato perfino su Google, ingurgitando tutte le immagini come una drogata. Sicuramente ero una masochista. Ogni immagine mi feriva. Ogni sorriso, ogni fan accanto a lui. Era considerato al pari dei modelli, delle star di Broadway, dei designer di moda e altri artisti. Tutti lo guardavano così come lo guardavo anch'io. Era una divinità, una fottuta divinità del sesso. E adesso il famoso cantante dei Nightbird era entrato nella lista delle cinquanta persone più belle al mondo.

Cosa fra l'altro molto stupida. Non esisteva un uomo più sexy di Kit.

Avrei dovuto fregarmene. Mi aveva fatto il cuore a pezzi. Dio, era cominciato tutto con Lindsay Mack, durante l'estate dopo il diploma, e non aveva smesso di scopare da quel giorno. No, aveva cominciato con me, poi mi aveva mollata per delle tette più grandi, gonne più corte, facili costumi. Dall'ultima volta che lo vidi, durante quei dieci anni, si era fatto centinaia di donne, mentre io contavo le mie esperienze sessuali sulle dita di una mano, con qualche dito ancora piegato.

Nessun uomo era mai stato all'altezza di Kit. Dio, eravamo soltanto dei goffi ragazzini quella prima volta, nel retro del suo furgone. Mi aveva fatto molto male, ma lui aveva reso tutto bello, era stato paziente e gentile, anche se sapevo che voleva soltanto scopare. E dopo quella volta, lo facemmo come i conigli, assicurandoci sempre che io fossi la prima a venire. Lui sapeva esattamente come farmi eccitare. Era stato arrapante, e speciale. Mi aveva fatto sentire bella. Desiderata. Protetta. Amata.

Cazzate. Cazzate. Cazzate.

Cadde tutto a pezzi. Non ero abbastanza per lui. Mi aveva squarciato il cuore con spietata precisione, in un modo che mi sarei aspettata solo dalle vipere più cattive della classe. Nessun altro era capace di gesti così crudeli oltre a quelle viziatelle stronze della nostra scuola privata. Mi ero innamorata di lui perché pensavo fosse diverso, ma mi sbagliavo.

Alla fine, aveva seguito le orme dei suoi familiari. Aveva buttato tutto all'aria per soldi, fama e successo.

Io ero andata a Stanford con una

borsa di studio, col cuore spezzato e tutta sola. Mi ero messa sotto con lo studio per respingere il dolore causatomi dal suo rifiuto, da quella relazione. Ma poi mi aveva dato il tormento con il suo successo. La sua faccia era ovunque. Le canzoni che un tempo mi cantava nel retro del suo furgone ora passavano in radio. Non importava dove andassi, non riuscivo mai ad evitarlo. A quel punto mi misi una protezione attorno al cuore, tanto spessa da non fare penetrare nulla. Tutti coloro dotati di pene non sarebbero entrati. Mi ero trasformata in una stronza, fredda e spietata. Cazzo, mi ero trasformata in una di quelle vipere che avevo tanto odiato al liceo. Da quel momento non amai nessuno, nemmeno mio marito. Motivo per cui, ora, infatti, Robert era il mio *ex*-marito.

Avevo seguito la carriera di Kit come un'amica. E nonostante la brutalità con cui mi aveva ferito, non potevo non essere felice per il suo successo. Aveva realizzato esattamente il suo progetto. Dominava il mondo con una chitarra in mano. Proprio come sapevo, da sempre, che avrebbe fatto.

Mentre mi guardava, ora, non c'era nessuna chitarra. C'erano la maglietta nera firmata e dei jeans usati. I capelli sbarazzini, la rasatura imprecisa. Era il ragazzo che ricordavo. Più cresciuto. Ora era *davvero* un uomo, e il mio corpo rispose come una corda di chitarra pizzicata che torna in vita, dopo tanti anni, con un ronzio vibrante.

Lo maledissi. Non riuscivo a smettere di guardarlo. Smettere di provare...

"Crystal," mormorò Vi. "Cosa stai guardando?"

Quando continuai a tenere lo sguardo fisso, lei seguì i miei occhi. La sua mano, come dotata di artigli, afferrò il mio braccio.

"Cristo santo, ma quello è -"

Annuii.

"E' una fottuta rock star. Dio, ho tutti gli album dei Nightbird. Tutti i componenti della band sono dannatamente sexy. E ti sta fissando." Lei mi guardò. "Crystal, ma lo conosci?"

Conoscevo Kit Buchanan? Annuii. Conoscevo ogni centimetro della sua pelle. Il sapore dei suoi baci, la spessa lunghezza del suo...

Emise un piccolo grido, ma poi si coprì la bocca con le dita.

"Amica, voglio l'esclusiva."

Lo fissai ancora per un secondo, e poi mi voltai. Facendo l'occhiolino a Vi, cercai di scrollarmi di dosso la botta di consapevolezza che mi stava distruggendo. Mi osservò con un entusiasmo che non avevo mai visto prima. "Davvero ti piacciono così tanto i Nightbird?! Ti facevo più una da Taylor Swift."

"E dai! Lui è splendido. Quei capelli scuri. E il modo in cui suona la chitarra, mi chiedo di cos'altro siano capaci quelle mani. Puoi immaginare quanto siano abili quelle dita?"

Già, potevo immaginarlo. Anzi, potevo fare *molto di più* che immaginarlo.

Diedi una risposta evasiva e lei squittì.

"Non qui. Non ora," sussurrai. Lo guardai un'ultima volta, incontrai il suo sguardo penetrante e misterioso. "Mai."

Ne avevo abbastanza. Kit Buchanan mi aveva già rovinata una volta. Non glielo avrei lasciato fare di nuovo. Stampai un nuovo sorriso e ripresi la mia vita, mi voltai verso un nuovo fan che attendeva pazientemente in fila. Lo avevo visto. Ero sopravvissuta.

Raccogliendo la mia penna da terra,

tornai alla mia vita, una vita in cui *non* c'era posto per lui.

———

Crystal

"Crystal."

Conoscevo quella voce. L'avevo sentita nei miei sogni. Mi ricordavo. Ricordavo quando pronunciava il mio nome con voce scherzosa prima di baciarmi. Ricordavo quando lo pronunciava con voce profonda e selvaggia quando veniva, tutto dentro di me.

Chiusi gli occhi, feci un respiro profondo. Mi voltai.

Indossai quel sorriso finto che mi riusciva tanto bene in quel periodo.

"Kit."

"Oh merda, Kit Buchanan," Vi pronunciò il suo nome mentre venne a mettersi al mio fianco, sbarrandogli la strada fra la scrivania e il muro. Avrebbe potuto toglierla di mezzo – dato che era molto più alto della mia agente nanerottola – e invece le diede i due soliti e gentili baci sulla guancia.

"E tu sei...?" chiese.

"Vivian Lonsdale. Gli amici mi chiamano Vi e tu sei *sicuramente* un mio amico."

Dio, era una tale civetta. Di sicuro una di quelle che lui si sarebbe portato nel retro per scopare. Se lui si fosse offerto, senza ombra di dubbio Vi si sarebbe concessa. A lei non fregava niente di essere solo un'altra tacca sulla testata del suo letto.

"Cosa ci fai qui?" gli chiesi.

Si girò per guardarmi... e non nello stesso modo che aveva riservato a Vi. Quello sguardo era scuro e penetrante, quasi capace di attraversare la facciata luminosa della mia agente per scrutare il cuore della ragazza che aveva amato e poi perso. No, non perso, ma piantata in asso.

"Ho visto una tua foto su un cartellone pubblicitario a qualche isolato da qui."

Dio, avevo capito quale. Non avevo idea che il mio naso fosse così grande fino a quando mi vidi alta dodici metri.

"Sono su molti manifesti e riviste. Non dovevi per forza venire qui per vedermi," risposi.

"Crystal!" mi rimproverò Vi. "Non farci caso, è molto stanca. Credo capirai questo suo comportamento."

Lui scosse il capo, i capelli gli caddero di nuovo sulla fronte. Ebbi una voglia matta di avvicinarmi, di sistemarglieli all'indietro, di sentire quelle ciocche setose ancora una volta.

"No, Crystal ha ragione. Non c'era bisogno di venire qui per vederla. Ma volevo." Mentre parlava con Vi, teneva gli occhi incollati ai miei. "L'ho spiata un bel po' sui social."

Il mio cuore ebbe una botta fortissima, come se migliaia di immagini mi avessero inondato la testa. Kit, con centinaia di donne favolose, bellissime, tutte al suo fianco negli ultimi dieci anni. E io non ero fra queste donne.

"Ragazzi, ma vi conoscete già o qualcosa del genere?" chiese Vi. Mio Dio, era proprio una disturbatrice.

"Qualcosa del genere," mormorò lui.

I suoi occhi divennero più scuri, e quando fece scorrere il pollice sul mento sentii subito lo stridore della raschiata. Dieci anni prima aveva a malapena i baffi e ora... ora era il più bel zuccherino, il più sexy di tutti.

"Adoro tutte le tue canzoni," disse Vi, cercando palesemente riempire quel momento di silenzio.

"Ho un concerto stasera." Guardò Vi. "Dovreste venire. Comincia alle sette. Lascerò al botteghino due pass Vip per il backstage. Vi faranno entrare alle sei, così potrete incontrare la band e dare un'occhiata. Vi farò riservare un tour personalizzato."

Vi trattenne a stento un grido. Tutti si voltarono quando cominciò a saltare con un'incontenibile gioia.

"Sì, mio Dio sì. Ci saremo, vero Crystal?"

CAPITOLO 3

Crystal

Strizzai l'occhio alla mia amica che mi avrebbe ucciso con le sue mani se avessi rifiutato. Rifiutare i pass per il backstage e un tour col cantante dei Nightbird? Già, sarei stata sicuramente uccisa. Sapevo che era una loro grande fan. Anche io lo ero, ma solo perché dieci anni prima avevo dato il mio cuore a quel cantante, e non mi era stato più restituito.

"Non lo so, Kit." Il suo nome mi uscì

di bocca automaticamente, mentre mi mancava l'aria. Perché era lì? E perché stavo ascoltando ogni sua parola? Mi aveva spezzato e calpestato il cuore quando avevo diciotto anni. Perché avrei dovuto sottomettermi a questo particolare tipo di tortura?

"Vieni." Dio, quella parola sulle sue labbra mi fece tremare. Glielo avevo già sentito dire, ma non riguardo a un concerto. Ero sotto di lui, col suo cazzo dentro di me. Oppure avevo la sua testa fra le mie gambe, la sua bocca proprio sul mio clitoride.

Mi mossi, unii le mie gambe per alleviare un po' l'eccitazione. Dio, anche soltanto con quella parola era ancora capace di farmi arrapare. E allora sì. Quella sera avrei colto al volo quella folle occasione. Del resto, avrei potuto semplicemente vedere il modo in cui si era realizzato. Incontrare i membri della sua band. Avrei potuto smettere, finalmente, di pensare alla sua vita. Magari tutto questo mi avrebbe aiutato a dimenticarlo.

"Ci saremo. Assolutamente." La promessa di Vi oscillava fra noi due, pesante e dura, con dieci anni di rimpianto, nostalgia e voglia di lui.

"Sentite, ho un lavoro da sbrigare per le quattro. Ma comunque ci vedremo questa sera." Lui mi guardò ancora per un attimo. È bello rivederti, Crys."

Poi andò via, facendosi strada fra la folla. Dopotutto non sembrava essere fuori dalla mia vita.

―――

Kit

Non ero così nervoso per un concerto da anni. Il nodo allo stomaco non aveva nulla a che fare con i migliaia di fan che stavano già invadendo l'arena. Non ero riuscito a mangiare un cazzo di niente da quando l'avevo vista, da quando mi aveva chiamato Kit con quella dannata voce sexy, da quando si era morsa il labbro e mi aveva guardato con quegli occhioni azzurri che mi graffiavano come gli artigli sulla carta.

Adesso la mia ragazza era adulta. E avrebbe potuto sputarmi e ringhiarmi contro, ma io avevo visto il modo in cui i suoi occhi si oscuravano quando mi guardava. Era ancora lì. *Proprio questo.* Questa connessione totalmente illogica ma perfetta fra di noi. L'amore a prima vista, l'interminabile voglia di lei, *questo*. Di fronte a me, non sembrava che fossero passati dieci anni da quando era stata sotto di me, aggrappata alle mie spalle e gridando il mio nome. Piuttosto sembravano dieci minuti. Dieci secondi. Cazzo.

Potevo ancora sentire il profumo

della sua pelle, il sapore della sua dolce fica sulla mia lingua. Chiudendo gli occhi avrei giurato di poter ancora sentire il piacevole dolore dei suoi strattoni sui miei capelli, quando mi implorava di farle dimenticare tutto il mondo attorno a noi.

"Ehi Kit. Fra, la pizza si raffredda."

"Grazie zio." Feci un cenno a Cole che aveva appena scosso la testa ed era andato nel camerino per rilassarsi, mangiare un po' di pizza e guardare qualcosa in TV. La manager della nostra band, Tia, arrivò con la mia pizza pre-concerto preferita e sistemò nel camerino cibo sufficiente per un piccolo esercito. C'era una bottiglia di whisky accanto alle scatole di pizza, sul tavolo pieghevole, nel retro. Intoccata. Il che era strano.

Normalmente Reese Keeland, il nostro batterista, la apriva e noi tutti ci facevamo un cicchetto per rilassarci.

Quella sera invece era steso sul pavimento, coi piedi sul divano e gli occhi chiusi, come se stesse schiacciando un fottuto pisolino. Gli altri membri della band erano seduti o mangiavano un boccone. Sebastian aveva sulla pancia l'amore della sua vita – una chitarra elettrica a sei corde, in perla nera – come se stesse per farci sesso.

Non ero in vena di bere whisky o altro. Erano le sei e trenta, e lei non era ancora arrivata.

"Mangi o no?" Tia si mise di fronte a me, e io realizzai che stavo andando su e giù come un animale in gabbia. Non stavo nemmeno pensando all'esibizione. La tipica botta di adrenalina era sparita. Invece di avvertire l'eccitazione per il concerto, mi sentivo vuoto. Morto dentro. Come uno di quei vicoli deserti in un oscuro e degradato punto della città.

"Non ho fame."

Sebastian strimpellò qualche corda e, guardandomi, scosse la testa. "Ma che ti prende fra? È dall'altra sera che ti vedo strano."

L'altra sera. Quando avevo visto il volto di Crystal su quel dannato manifesto, mentre ero in auto al ritorno dall'aeroporto. Avevo detto all'autista di fermarsi, e mi ero messo a guardare quel viso splendido che sognavo da anni. *Un angelo.* Proprio quella sera, quando l'idea dell'errore madornale che avevo commesso dieci anni prima mi aveva dato un colpo secco. "Niente. Sto bene."

Tia inarcò un sottile e scuro sopracciglio. Era alta appena un metro e cinquanta, ma con una spina dorsale di solido acciaio. Nessuno si metteva contro di noi perché nessuno si metteva contro di lei. Poteva bestemmiare come una scaricatrice di porto. L'avevo vista fare a pezzi proprietari di locali, buttafuori dei bar più squallidi della città, e avvocati contrattualisti. Era un fuoco vivo nascosto dietro a centinaia di ciocche di setosi capelli neri e un caratteraccio. "Bene. Allora telefono all'ingresso e dico di far venire i tuoi ospiti."

"Cosa?!" Reese sgranò gli occhi e mi guardò dal pavimento.

"Zio, ma che cazzo? Niente tour dietro le quinte, non questa volta. Siamo tutti stanchi, dai. Ma chi sono sti ospiti?"

"Non sono proprio in vena di fare sorrisi finti questa sera. Chiunque sia dovrà accontentarsi di mangiare un pezzo di pizza e stare buono." Sebastian tornò a concentrarsi sulla sua chitarra e a una nuovo pezzo che aveva in testa.

"Come vi pare. Io non mi muovo da qui." Reese chiuse gli occhi e tornò alla sua posizione da meditazione Zen.

Io me ne fregavo. Me ne fregavo di tutto quello che dicevano.

"A che ora sono arrivate?"

Tia controllò il suo cellulare. "Circa dieci minuti fa."

Dieci minuti? Era stata lì per tutto quel tempo senza che io lo sapessi?

"Le ho fatte accomodare nel magazzino, nell'ufficio del proprietario. Non sapevo bene cosa stesse succedendo perché *qualcuno* non me l'ha detto."

"Scusami." Okay, sì, quel qualcuno ero io, ma non mi fregava. Lei era lì. Guardai Tia. "Mi serve un favore. Un enorme favore, un favore del tipo sarò-in-debito-con-te-per-il-resto-della-mia-vita."

Alzò gli occhi al cielo, ma già stava sorridendo. Se c'era una cosa che Tia amava, quella era essere indispensabile per qualcuno. "Cosa vuoi?"

La presi per un braccio e la portai

nel corridoio, lontana dai membri della band e dai loro occhi indiscreti. Quando volevano esserlo, sapevano comportarsi come delle comare di paese pronte a spettegolare. "Due donne, giusto?"

"Sì."

"Una bionda alta e stupenda e una rossa poco più alta di te?"

Tia annuì. "Sì." Mi avviai a passo svelto verso il retro, dove aveva nascosto Crystal, ma Tia piantò i piedi a terra e mi sbarrò la strada. "Kit, che diavolo sta succedendo? Chi sono? E perché sono qui?"

"La tipa rossa si chiama Vi. È un'agente pubblicitaria di una delle più famose case editrici di New York. La bionda è Crystal Kerry."

Tia sgranò gli occhi e io capii di avere il suo consenso. "La scrittrice?"

"Sì." Cominciai a camminare di nuovo, impaziente di vedere Crystal.

"Ho bisogno che tu faccia fare un giro a Vi, falle fare una visita guidata, falle conoscere la band."

Il suo sorriso divenne più che sospettoso. "E tu nel mentre cosa farai?"

"Implorerò il perdono dall'unica donna che abbia mai amato. Davvero l'unica."

Tia si immobilizzò di nuovo. "Crystal? Quella Crystal? Del liceo?"

Cristo santo. Le voci giravano così tanto? "Come fai a sapere di Crystal?"

Tia rise. "Un tempo bevevi molto, Kit. E quando ti ubriachi adori parlare di lei. Per ore."

Cristo. "Chiudi il becco. Sii semplicemente il mio braccio destro, va bene?"

Tia scrollò le spalle. "Certo. Ma mi devi un favore."

Aprimmo la porta e lei era lì, e Vi era al suo fianco come uno scudo. L'ufficio sembrava davvero un camerino. Un vecchio divano, qualche sedia, una di quelle postazioni con specchio e lampadine tutt'intorno per il trucco.

Tia si precipitò all'interno e prese in mano la situazione come un generale agguerrito, e Vi fu semplicemente contenta di essere guidata fuori da quella stanza prima che Crystal potesse battere ciglio o protestare per essere rimasta sola con me.

"Crys."

Cazzo, stava bene. Con un paio di jeans attillati le sue gambe sembravano lunghissime. I suoi fianchi si erano allargati, come a ricordarmi che avevo ferito una ragazza, ma che ora davanti a me c'era una donna. Indossava una maglietta rosa chiaro, morbida e lunga, con dei ritagli sulle spalle. Era provocante, non troppo sexy. Comunque, avrebbe potuto indossare anche un sacco e io l'avrei trovata ugualmente sexy. Perché i vestiti con contavano. Sapevo cosa ci fosse sotto.

"Kit." La porta si chiuse dietro di me e io non mi preoccupai di voltarmi. Avrei ringraziato Tia in un secondo momento.

Feci due passi avanti, lei non indietreggiò, e per questo ringraziai il cielo. Ma comunque non era nel suo stile. Indietreggiare non era mai stato nel suo stile.

"Che cosa fai? Che ci faccio qui?" L'ultima domanda era stata posta con una specie di sorrisetto. Almeno non mi stava aggredendo o rinfacciando cose, come aveva già fatto anni prima. Non che non me lo meritassi quella notte. Anzi, meritavo di peggio.

Annullai la distanza fra noi e portai una mano alla sua guancia. "Rimedio all'errore che ho commesso."

"Non c'è modo di rimediare."

Feci scorrere il mio pollice sul suo

labbro inferiore e respirai il suo odore, quello alla lavanda e ciliegia del suo lucidalabbra. Cazzo. Lo portava ancora. Il dolce profumo mi riempì la testa e ricordai il sapore esatto che avrebbero avuto le sue labbra, quanto sarebbero state soffici. Quanto quella bocca, dall'aspetto innocente, sarebbe stata eccitante nell'avvolgere il mio cazzo. I suoi occhi palpitarono, sbarrati, e capii di averla in pugno, almeno per un momento.

Come una calamita mi attirò a sé, e io abbassai la testa, fino a quando le nostre labbra si incontrarono per una tenera e una titubante esplorazione. Non volevo spaventarla. Non volevo farla scappare. Avevo bisogno di lei. Mia. Mia. Mia. Era stata mia da quando aveva sedici anni. Avvolsi le mie braccia attorno a lei e la strinsi a me, la finta gentilezza era ormai terminata. Come potevo trattenermi quando avevo davanti a me la cosa più perfetta al mondo? Mai nessuna avrebbe retto il confronto. Mai. Il suo gemito ovattato mi penetrò fin dentro le ossa e il mio cazzo si indurì istantaneamente. Conoscevo quel suono. Dio, quel dannato suono mi era mancato.

CAPITOLO 4

Kit

Avvolse le sue braccia attorno alla mia vita, mentre io mi perdevo nel suo sapore, nel morbido e bagnato movimento della sua lingua contro la mia. La scopai con la lingua, esplorandola e assaggiandola, spingendo come avrei voluto fare col mio cazzo. Le sue braccia mi impedirono di accedere al resto del suo corpo, ma poi le accarezzai la schiena, esplorai i suoi fianchi sinuosi. Le afferrai il fondoschiena.

Aveva davvero un gran bel culo. Pieno, tondo, morbido, perfetto per... fare di tutto.

La spinsi fino a farle sbattere la schiena sul muro, lei staccò le sue labbra dalle mie, ansimando. Glielo lasciai fare. Le feci prendere fiato, ma non riuscivo a fermarmi. Ora che l'avevo fra le mie braccia era come se tutta la mia anima volesse divorare anche altro. Il mio cazzo spinse su di lei, che di certo non poteva non accorgersene.

Le mordicchiai il mento e la mandibola, le feci dolcemente inclinare la testa, in modo da poterla succhiare e leccare fino al collo. Sollevò le sue braccia sulla mia testa, affondò le dita nei miei capelli, proprio come le piaceva fare in passato. "Kit."

Senza fiato. Eccitata. Aveva

pronunciato il mio nome, ma non per farmi una domanda, piuttosto per emettere un gemito del tipo *mi-sei-mancato*.

Con le sue braccia sollevate, avevo pieno accesso al resto del suo corpo e ne approfittai, portando una mano dentro le sue mutandine, sul di dietro, per afferrare il suo culo nudo – Dio, indossava un tanga – e l'altra su, sotto la camicia, per afferrare il suo seno, per massaggiarle e strattonarle i capezzoli, proprio come piaceva a lei. La sua testa si inclinò all'indietro, sbattendo al muro, e lei inarcò la schiena, stretta fra le mie mani.

"Kit. Cosa stiamo combinando?" Sussultò quando la morsi dolcemente sulla clavicola e feci scivolare la mano dentro il suo reggiseno. Era così fottutamente morbida, ovunque. Persino meglio di quanto ricordassi.

Non potevo darle una risposta, non

in quel momento. Se le avessi detto la verità, quello che avrei voluto dirle davvero, mi avrebbe mandato a fare in culo.

Io la desideravo. E desideravo una casa, tre o quattro bambini dagli occhi azzurri e un paio di gatti pelosi e fastidiosi, seduti sulla sua pancia, e pronti a soffiarmi contro ogni volta che li avrei cacciati. Gli ultimi due anni, sempre in viaggio, erano stati duri, e solitari. Dopo averla abbandonata non ebbi più nulla. I miei genitori avevano mantenuto la promessa, mi avevano diseredato, ed io ero andato a New York, avevo incontrato i ragazzi e messo su la band. Avevo vissuto di whisky e burro di noccioline per due anni, avevo bevuto più del solito.

La famiglia Buchanan era enorme. Avevo tantissime zie, zii, cugini, e tutti si vedevano, festeggiavano insieme il giorno del ringraziamento. Io invece non facevo un cazzo di tutto ciò. Certo, vedevo i miei cugini, quasi tutti maschi, e uscivamo, ma non eravamo davvero legati. Quando un giorno feci un concerto nella loro città, gli regalai i biglietti. Come feci anche con Natalie e Ben, insieme all'altro nostro cugino, Jack, che viveva a Seattle. Ma comunque la mia famiglia, vicina o lontana, non si preoccupò mai del mio dolore profondo, che poi era unicamente il dolore di Crys. Non avevo mai affogato i miei dispiaceri nell'alcool, nella droga o nelle donne. Si era lentamente spento negli anni , ma non era mai scomparso del tutto. Non fino a quel momento.

Baciandola di nuovo, impegnai la sua bocca, tanto da non permetterle di fare domande. Il sapore familiare del suo lucidalabbra alla ciliegia mi mandò letteralmente fuori di testa, e realizzai che non mi sarei fatto da parte. Non questa volta.

Ero andato in California quando la band aveva sbancato, quando avevo abbastanza denaro per offrirle più di un appartamento condiviso con altri tre stronzi e una vita nel retro del mio furgone. Pensai che avessi commesso un errore. Che forse, dopo la sua laurea a Stanford, avrei potuto darle un posto nella mia vita senza sconvolgere la sua.

E fu proprio allora che vidi quel surfista succhiacazzi e l'enorme diamante che le aveva messo al dito. Sei settimane più tardi aveva sposato quel coglione e fine dei giochi. Dal quel momento affondai. Mi persi, come una nave in mare senza remi e senza vele. Avevo scritto canzoni, tante canzoni, e avevo affogato il mio dispiacere andando con tante donne, per soffocare il pensiero che Crystal si fosse concessa a qualcun altro. Avevamo fatto concerti in tutto il mondo. Non avevo più bisogno dei soldi della mia famiglia, specialmente con l'aiuto di un altro mio cugino, Carter, e il suo infallibile fiuto per gli affari.

Mio padre si era finalmente addolcito e mi aveva permesso di tornare a fargli visita, dato che ormai non ero più un fallimento. I miei fratelli mi avevano coperto le spalle per tutti quegli anni, mandandomi dei soldi quando ero al verde, tenendomi lontano dalla criminalità. Il liceo Ivy League non aveva cresciuto degli stronzi, grazie al cielo. La mia famiglia si era adeguata, ma continuavo a sentirmi vuoto.

Niente riusciva a levarmi Crystal dalla testa. E un anno prima mi ero calmato. Niente più alcool. Niente droga. Niente donne. Lavoravo. Mangiavo. Dormivo. In quell'ultimo anno tutta la band era cambiata. Era come se avessimo raggiunto il picco, come se fossimo cresciuti in una fottuta notte.

Quando vidi Crystal durante quell'intervista, qualcosa dentro di me si trasformò. E, quando notai che quel diamante a tre carati era sparito dal suo dito, divenni ossessionato. Ossessionato dalla donna che era diventata. Ossessionato dall'idea di rivederla. Di parlarle. Toccarla.

Riportarla nella mia vita, fra le mie braccia, nel mio letto.

Duro come la pietra le strizzai il culo e la sollevai da terra, sbattendole la schiena al muro, con una forza tale da far tremare e tintinnare i quadri appesi. Il suo gemito soffocato continuò a guidarmi, e mi spostai, poggiando la lunghezza del mio cazzo duro sull'apertura delle sue gambe, sfregando su e giù mentre depredavo la sua bocca.

Niente in assoluto era stato così bello, per dieci lunghi anni.

Toc! Toc! Toc!

Crystal sussultò e staccò la sua bocca dalla mia, per guardare la porta da sopra la mia spalla. La voce di Reese si sentì forte e chiara. "Dai! E muoviti zio! Che stai facendo lì dentro? Ti stai facendo una sega? Tra cinque minuti dobbiamo cominciare. Andiamo!"

Boom! Boom!

Gli ultimi due colpi di Reese fecero sobbalzare Crystal fra le mie braccia, e allora capii che non potevamo continuare. Ero un codardo. Un fottuto codardo. Non ci riuscivo, non riuscivo a guardare quegli espressivi occhi azzurri e vederci odio o rimpianti. O rabbia.

Chiudendo gli occhi , appoggiai la mia fronte sulla sua e rimisi le mani sulla zona sicura della sua vita. "Devo andare."

"Lo so."

"Non andartene, tesoro. Promettimelo." Le diedi un altro bacio, uno solo breve ma intenso. "Rimani. Devo parlarti."

"E finora cosa hai fatto?" La sua voce mi travolse e io assorbii il momento, la sensazione dell'averla fra le mie braccia, delle sue gambe attorno alla mia vita, il suo sapore sulle mie labbra. Ma la conoscevo, la conoscevo meglio di chiunque altro. Era troppo furba, dannatamente furba per il suo bene. Ero riuscito, per qualche minuto, a tenere buona quella mente fenomenale. Ma appena il suo corpo si raffreddò, tornò al punto di partenza.

A odiarmi.

"Parleremo, e poi torneremo a fare questo. Aspettami."

Non potevo restare lì a sentirla dire di no. Cazzo, stavo per esibirmi davanti a otto mila persone. Se avesse rifiutato, lì fuori sarei stato una nullità. Quindi la baciai sulla fronte, poi indietreggiai. Andai via. Consapevole che, una volta finito il concerto, avrei potuto non trovarla più.

"Aspettami."

Crystal

Quando Kit andò via, ebbi cinque minuti per ricompormi. Mi bastarono a malapena per riprendere fiato, aggiustarmi il reggiseno, sistemare il lucidalabbra e assicurarmi che i capelli non fossero scompigliati.

Dio, Kit mi aveva appena spinto contro il muro e mi aveva baciata. No, anzi, mi aveva quasi scopata. Se il suo amico non avesse bussato alla porta, Kit mi avrebbe sicuramente dato una botta. E glielo avrei lasciato fare. La chimica fra di noi era sempre stata alle stelle e, dopo dieci anni, non era diminuita.

Vestito con i suoi jeans bassi e larghi, maglietta aderente e stivali scuri era splendido. Una splendida rock star. Ma quello era lo stile che voleva far vedere a tutti. Io vedevo lo sguardo nei suoi occhi scuri, l'intensità, il bisogno. Lo stridore della sua voce, il modo in cui mi aveva di nuovo chiamata "tesoro". Per tutto quel tempo non aveva desiderato una donna qualsiasi, aveva desiderato me.

Avevo stretto le gambe attorno alla sua vita, come una scimmia su un albero. Ma che cazzo di problemi avevo? Mi aveva già tradito una volta. Lo avrebbe fatto di nuovo . Kit Buchanan era un playboy. Il re dei playboy. Cazzo, aveva anche compilato il diario del playboy. E io ero soltanto uno scarabocchio in più su quel diario. Si era aggiudicato la verginella studiosa al liceo per poi riportarsela a letto dieci anni dopo. Sarei dovuta andare via. Tornare in hotel, godermi quel bicchiere di vino, quella pace e quella tranquillità che, prima del ritorno di Kit, avevo tanto desiderato. Ora volevo l'hotel e Kit. Nudo.

"Al momento sono troppo emozionata per conoscere i dettagli della tua relazione col fottuto cantante della band più sexy al mondo. Per ora." Tia mi trascinò verso la hall mentre un tizio tecnologico con delle grandi cuffie ci portava a fare un giro dietro le quinte. La folla strillava, applaudiva, fischiava. Gridava. Reese Keeland stava parlando, diceva qualcosa, ma io non gli stavo prestando attenzione. Io contemplavo Kit.

A testa bassa stava accordando la chitarra, si stava aggiustando la cinghia sulla spalla.

Il batterista entrò in scena. Sapevo

tutti i loro nomi, ma non perché fossi una fan sfegatata come Tia, ma perché avevo meticolosamente stalkerato Kit online. Era come se li conoscessi tutti. Erano tutti attraenti con quel modo di fare da ribelli, ricoperti di tatuaggi, gocciolanti di ferormone. Ma io volevo soltanto Kit.

Però, merda. Non volevo il Kit di adesso. Volevo quello del passato. Il Kit di dieci anni prima.

Tia mi afferrò il braccio e saltò su e giù, come una ragazzina al suo primo concerto.

"Lo vedo quello sguardo, "gridò mentre la band cominciò a suonare qualche nota, accendendo la folla. "Non è solo una cotta, vero?"

Scossi la testa mantenendo gli occhi fissi sul palco.

"Ciao New York!" La folla impazzì.

Reese passò il microfono a Kit, offrendo a tutti il suo caratteristico sorriso. "Stasera cominceremo con la canzone da cui è partito tutto." Suonò i primi accordi di *Angel* e la folla andò fuori di testa. Lui si voltò e mi guardò, mi trovò subito, come se sapesse dove fossi. Il mio cuore barcollò, poi si stabilizzò. Già, mi sentivo frastornata come Vi.

"Perché la persona che ha ispirato questa canzone è qui stasera."

Il suo sguardo misterioso incontrò il mio e cominciò a cantare la canzone, a cantare le prime parole.

"Oh. Mio. Dio!" Vi squittì. "Sei tu l'Angelo?"

Ero davvero io? La canzone parlava del perdere qualcuno per sempre, e Kit stava cantando quelle parole a me, mentre tutto il mio corpo si irrigidiva nel dolore. Mi vennero le lacrime agli occhi e mi coprii il viso per asciugarle. Non volevo farmi vedere da Vi. O da Kit, in ogni caso. Perché mi aveva spezzato il cuore, mi aveva scaricata. E ora?

Cosa cazzo significava tutto questo? Perché cazzo me ne stavo lì come un'idiota? Stavo per caso cercando di torturarmi nell'ascoltarlo? Nell'amarlo di nuovo? Perché lui era il Kit di sempre. Sexy. Ardente. Mio. Nel profondo sapevo che sarebbe stato per sempre mio.

Kit si voltò e si immerse nel concerto. Cantò e suonò fino ad avere la maglietta zuppa, aderente ai suoi muscoli statuari, fino a quando i suoi tatuaggi divennero splendenti e , cristo, così arrapanti.

Aveva davvero scritto *Angel* per noi due? Avevo sempre pensato che fosse per una donna morta. Uno di quei membri della band aveva perso qualcuno in un incidente d'auto o qualcosa del genere. Ma no, mi ero sbagliata. Ora tutto aveva senso.

Stava cercando di dirmi qualcosa. No, anzi, mi stava dicendo tutto.

Io ero lì, coi piedi piantati a terra, a guardare il concerto. Non riuscivo a distogliere lo sguardo da Kit. Era bravo. Dannatamente bravo come rock star. Faceva sembrare tutto molto facile, spontaneo. Tutto sexy, da pazzi. E quando diede la buonanotte alla folla, mi guardò di nuovo. E questa volta non per una canzone che parlava di amore e cuori infranti, ma per qualcosa di nuovo. Qualcosa che non era mia svanito. Qualcosa che doveva avere. Che bramava. Di cui aveva un disperato bisogno. *Me.*

Quando accorciò la distanza fra noi, io mi agitai, divenni nervosa. Mi sistemai la camicia, che comunque stava già bene, e mi asciugai le mani sudate sui jeans. Il tutto mentre lui mi fissava.

"Credo che, anche solo per il modo

in cui sta guardando te, potrei avere un orgasmo."

Sentii le parole di Vi, il tono canzonatorio, ma non le prestai attenzione. Avevo occhi soltanto per Kit che aveva sollevato la cinghia della chitarra sulla testa e ora stava scuotendo lo strumento nella sua mano destra. Buttò la chitarra a Vi, senza neanche fermarsi per vedere se l'avesse presa. Non rallentò nemmeno quando raggiunse me, semplicemente mi sollevò e mi baciò. Il bacio nel camerino, in confronto a questo, era stato un riscaldamento, una dolce introduzione. Ora la sua lingua era violenta, la sua bocca mi divorava. La gente vorticava attorno a noi. Il backstage era rumoroso e affollato, ma poco mi importava. Io mi gustavo Kit, lo sentivo, lo sniffavo. Non potevo respirare. E non ne avevo bisogno.

Tutt'a un tratto mi lasciò andare. Le

sue labbra erano scivolose, i suoi occhi decisi e dannatamente scuri.

"Tu vieni con me tesoro."

Non aspettò una mia risposta, semplicemente mi prese per la mano e mi trascinò giù per le scale d'emergenza, e poi via da quel posto. Dove? Non lo sapevo, ma non mi importava. Ero con Kit. Tutto il resto non mi importava.

CAPITOLO 5

Kit

Tenevo la mano di Crystal nella mia, sembrava di essere in un'altra dimensione temporale. Toccarla era come magico, e improvvisamente tutto era così importante. Cazzo, me n'ero sbattuto da sempre, come se quello che mangiavo, quanto dormivo o quanto tempo libero riuscivo a ritagliarmi dal nostro inarrestabile tour avessero importanza.

Tempo, ecco cosa mi serviva. Tempo per convincerla che non potevo vivere senza lei. Tempo per recuperare quegli anni pieni di dolore. Avevo bisogno di lei, nuda nel mio letto, e di un migliaio di ore per venerare ogni centimetro del suo corpo, tanto per cominciare.

Portandola con me fuori dalla porta di sicurezza del retro, feci un cenno al robusto body guard e feci cenno alla macchina noleggiata per riportare la band in hotel. Non capitava mai che andassimo via tutti insieme, e quel poveraccio sarebbe stato lì fino a quando tutti sarebbero stati pronti. Cole adorava, per un paio d'ore, flirtare con le fan più sexy, in fila per toccarlo e chiedergli autografi. Reese era ossessionato dal suo strumento e non avrebbe fatto avvicinare nessuno alle sue fottute percussioni. Le prendeva da sé e le metteva via, ogni cazzo di volta.

Tia avrebbe passato intere ore a controllare le ricevute e a cercare informazioni, dal botteghino, sulle vendite. Riley e Sebastian avrebbero fatto impazzire i tecnici del suono, apportando delle modifiche per il concerto della sera dopo. L'ultimo per quel tour. Forrest e Brian si sarebbero riposati nel camerino e avrebbero festeggiato con delle tipe venute al concerto. Sembrava che tutti avessero qualcosa da fare, tranne me.

L'autista accostò accanto a noi, non aspettai che scendesse e ci aprisse la portiera. Balzai in avanti, aprii la porta per Crystal come un cazzo di gentiluomo, ottenendo come premio un timido sorriso.

Strisciai all'interno dopo di lei e chiusi la portiera, sigillandoci in quell'abitacolo buio.

"Torniamo in hotel zio."

Si chiamava Chris, o Curt, o una cosa del genere. Un nome con la 'C'. In realtà era solo un altro viso anonimo nella lunga fila di sconosciuti. Ogni settimana. Ogni sera. Ogni ora. La mia vita era una porta girevole, piena di persone di cui non mi importava nulla. Per tanti anni, oltre alla band e a Tia, non avevo mai parlato con la stessa persona per più di un paio di giorni. Ed era patetico. Fottutamente triste. Suonavamo. Scrivevamo canzoni. Ci rompevamo il culo.

E poi? Lunghe ore in una stanza d'hotel. Lunghe ore su un aereo a pensare fra me e me, ad analizzare la mia vita.

Avevo capito di avere disperatamente bisogno di Crystal prima ancora di vedere quel manifesto quel giorno. Ora il nostro tour sarebbe finito il giorno dopo e tutti eravamo d'accordo, ci saremmo presi un po' di riposo. Era l'ultimo concerto. Il mio piano era quello di volare in California, trovarla, inginocchiarmi e supplicare il suo perdono.

Ma poi il destino l'aveva portata da me. Il mio *angelo*. Proprio qui a New York, dove tutto era cominciato. Ed era anche finito.

"Certo, Signor Buchanan."

"Grazie."

I convenevoli erano automatici, ma io stavo già tirando su il vetro oscurato. La band era alloggiata nell'hotel più carino della città, e non vedevo l'ora di avere Crystal in quel letto grandissimo, adagiare il suo soffice corpo sul materasso, farla sospirare e gemere, e farle pronunciare il mio nome.

Tutta. La. Dannata. Notte.

"Dove stiamo andando?" Gli occhi di Crystal si agganciarono ai miei, mentre la luce dei lampioni sfrecciava, illuminando a tratti il suo bel viso per poi lasciarlo nell'ombra. Aveva le mani poggiate sul ventre e sembrava molto molto nervosa.

"In hotel."

"Oh."

Il vetro oscurato smise di salire con un ultimo rumore e io portai la mia mano alla sua guancia. Non riuscivo a smettere di guardarla. Di fissarla. Dio, non avevo mai smesso di desiderarla. Feci scorrere il pollice sul suo carnoso labbro inferiore, chiedendomi se avesse messo di nuovo il lucidalabbra alla ciliegia.

"Kit, è una follia. Lo sai vero?" La sua voce era ansimante, soffocata.

"No. Non è folle," precisai. "È tardivo."

A questa risposta chiuse gli occhi e si voltò per guardare fuori dal finestrino. Dolore. Ecco com'era il dolore dipinto sul viso del mio tesoro. E la colpa era mia. L'avevo ferita, tanto. Certo, lo avevo fatto per il suo bene, e nel mentre avevo frantumato anche il mio cuore. Ma ora era tutto finito. Era adulta, era un scrittrice di successo. Io ero ricco, famoso, avevo tutto quello che desideravo. Tutto tranne lei. Sulla mia bilancia il successo pesava nettamente di più dell'amore. Cazzo, avevo la fama ma non avevo quella ragazza.

"Perché lo stai facendo? Perché sei venuto alla firma delle copie oggi?" Mi guardò per un tempo brevissimo, poi si voltò di nuovo.

"Possiamo parlarne in hotel? È a soltanto due isolati da qui."

"Okay." Sospirò, ma non volevo che pensasse troppo. Se quella sua mente brillante fosse tornata a correre, lei mi avrebbe probabilmente sbattuto fuori dall'auto e mi avrebbe mandato a fanculo.

Perciò la baciai. Non troppo forte, non senza controllo. Non per strapparle i vestiti di dosso prima ancora di raggiungere la mia suite. La baciai perché mi rendeva felice. Perché anche solo stare con lei faceva scomparire quel dolore cupo dal mio petto. Lei faceva scomparire *tutto*.

Eravamo stretti l'uno all'altra quando l'auto frenò ad una curva. L'autista non ebbe il tempo di avvisarmi. Lo staff di quell'hotel era di eccellente qualità, efficiente. Troppo efficiente.

La portiera si aprì, e una sottile fila di lampioni luminosi, davanti all'edificio, sommersero lo scuro abitacolo dell'auto. Crystal batté le palpebre e portò di nuovo le mani sul ventre, lontano da me. Non mi piaceva quel modo di fare.

Uscii, impedendo la vista del facchino mentre aiutavo Crystal a salire sul marciapiede. I jeans e il top con gli interessanti ritagli sulle spalle abbracciavano ogni sua curva. I suoi lunghi capelli biondi erano sciolti e ondulati attorno alle sue spalle, con onde morbide e sexy. Anche soltanto guardarla rendeva tutte le ossa del mio corpo indolenzite per l'intenso desiderio.

Nuda. Bagnata. Supplichevole. Ecco come la volevo. Morbida, remissiva, pronta a portarmi dentro quel soffice corpo.

Non appena fu fuori dall'auto, avvolsi il mio braccio attorno alla sua vita e mi affrettai verso l'hotel. Non parlammo nel passare davanti alle elaborate decorazioni con fiori freschi, lampadari e quadri. L'ascensore si aprì immediatamente e lo staff mi salutò più volte chiamandomi per nome mentre noi ci dirigevamo verso la suite.

Quinto piano. Balcone con vista su

Central Park. Pareti così spesse da poter fare un concerto rock senza essere sentito da nessuno. L'intero stabile trasudava soldi. Tia aveva insistito. Quando avevamo venduto dieci milioni di album, un paio d'anni prima, si era ribellata, aveva detto che se fossimo dovuti andare in tournée non saremmo stati in hotel di merda.

A me non importava del posto in cui dormivo. Ecco la verità. Non mi importava a patto che Crystal fosse rimasta con me da quel momento in poi.

Prendendo la chiave dal portafogli, le aprii la porta e lei entrò senza proferire parola. Le tende erano state sollevate per far vedere le luci della città, e la vista era spettacolare.

"Wow."

"Vero?" Rimisi la chiave magnetica nel portafogli e buttai quest'ultimo sul piccolo tavolo vicino alla porta. La stanza era più che adeguata per me, con un letto gigante, un'enorme televisione e un bagno abbastanza grande per parcheggiarci un furgoncino.

Io la desideravo, ma avevo passato due ore sul palco a saltare, gridare, a sudare come un cazzo di maiale. Non mi sarei spogliato in quello stato davanti alla donna che amavo. E parlare avrebbe portato a dei baci, e dei baci ci avrebbero portato a spogliarci. Perciò sì. Prima una bella doccia. "Mi faccio una doccia veloce, e poi parliamo. Okay? Ho davvero bisogno di darmi una sciacquata." Mi levai la maglietta.

Lei emise una risatina e un qualcosa di appiccicaticcio si staccò dal mio petto, solo un pochino. "Lo so."

Sorrisi e mi diressi verso il bagno, tirando la porta verso di me, ma senza chiuderla a chiave. Non volevo lasciarla completamente fuori, non volevo una porta chiusa fra di noi. Era assurdo, ma avevo paura che, se avesse sentito il suono della chiave nella serratura, si sarebbe risvegliata dalla favola che stava vivendo e sarebbe scappata via.

Spogliandomi in un tempo da record, mi buttai sotto la doccia il più rapidamente possibile. Ogni minuto che passavo lì sotto era un altro minuto in cui qualcosa di brutto sarebbe potuto succedere.

Se non fossi stato così sudato e fetido, in quel momento l'avrei già posseduta, nuda, sotto di me.

Il bagnoschiuma odorava di zenzero, limoni e qualche altra cazzata frivola che non avrei mai usato, ma che effettivamente funzionò, e fu semplice averlo a portata di mano, più di quanto lo sarebbe stato metterlo in valigia. Ero un uomo in missione, e fui tutto pulito più velocemente di quanto avrei potuto pensare. Chiusi gli occhi e lavai i capelli, ficcando poi la testa sotto l'acqua per sciacquarli. La mia faccia era sotto il getto d'acqua bollente, quando ad un tratto sentii la sua mano sulla mia schiena.

CAPITOLO 6

Kit

Quando la vidi nuda nella doccia, davanti a me, sgranai gli occhi e il mio cazzo di indurì all'istante.
    Cazzo. Proprio lì davanti a me.
    "Ciao."
    "Ciao."
    Portò la mano sul mio petto, sfiorandolo con piccoli movimenti circolari che scacciarono ogni dannato pensiero dalla mia mente. Niente. Non

c'era niente nella mia testa, soltanto lei. Soltanto la vista del suo corpo nudo. Si avvicinò, i suoi occhi azzurri erano annebbiati da lussuria, segreti e da un forte desiderio.

"Va bene se parliamo dopo?"

Via libera. Vai.

Certo cazzo.

Risposi abbassando le mie labbra sulle sue e stringendola a me.

Le nostre bocche si fusero e dimenticai persino di respirare. Questo non era il bacio della ragazza dolce che mi aveva dato la sua verginità tanti anni prima. Questo bacio era eccitante, intenso, le sue labbra esigevano una risposta.

Il mio cazzo palpitò e si gonfiò fra di noi fino a far male. Il corpo di Crys era bollente e docile, e io esplorai ogni suo centimetro raggiungibile, per una sorta di disperato e patetico bisogno di scoprire di nuovo le sue curve, di rivendicare il mio territorio. La sua pelle era morbida, le sue curve erano più seducenti di quanto ricordassi.

Mia. Era solo mia.

La sollevai e la spinsi contro le piastrelle del muro, cominciai a baciarla andando giù, fermandomi per venerare i suoi seni, succhiarle i capezzoli, sfregare la mia barba sulla curva del suo fianco, nel modo in cui sapevo che l'avrebbe fatta fremere.

Mettendomi in ginocchio, spalancai le sue gambe e usai le mani per portarla a me, alla mia lingua.

Le sue dita, fra i miei capelli, si strinsero in pugni, le sue gambe cominciarono a tremare, ma io non mi sarei fermato, non sarei stato gentile.

Guardai verso l'alto, oltre il suo corpo, per incontrare il suo sguardo annebbiato. Sì, era proprio lì con me.

Non c'era spazio per la tenerezza, non in quel momento. Avevo bisogno che gridasse il mio nome. Avevo bisogno di sentire la sua fica pulsare e stringersi attorno alle mie dita mentre le succhiavo il clitoride. Avevo bisogno di *conquistarla*.

"Kit." Il mio nome non fu pronunciato normalmente, fu piuttosto un lamento.

Sì. Questo era quello che dovevo sentire.

Succhiai e leccai, facendo scivolare due dita all'interno per darle il colpo finale mentre mi davo da fare con la bocca, ricordando esattamente il modo in cui le piaceva essere toccata. Qualche secondo dopo mi venne addosso, coi suoi gemiti soffocati, più belli di ogni canzone che avevo scritto.

Se fossi riuscito a scrivere una canzone che avesse lo stesso suono dell'orgasmo di una donna amata, sarei stato l'uomo più ricco del pianeta. Potevo ascoltare quella melodia per intere notti, e lo avrei fatto.

Le sue gambe erano troppo deboli per reggerla nel momento in cui mi spostai per chiudere la doccia. Ma mi prese la mano, mi fermò prima che potessi toccare la manopola. "No. Voglio farlo qui. Proprio in questa posizione. Sollevata, contro il muro, proprio come facevamo un tempo."

Caaaaazzo.

Le sue parole mi riportarono all'immagine di quel ricordo. Il liceo di Whitmore aveva spogliatoi e docce di prima qualità, ed entrambi non volevamo mai tornare a casa. Lei da una madre ubriacona e un padre che passava più tempo a lamentarsi della vita piuttosto che a lavorare. Io da genitori che non avrei mai accontentato, a stanze infestate da due fratelli più grandi, superiori a me, più bravi di me. Dopo l'allenamento passavamo molto tempo sotto la doccia, a scopare contro la parete, proprio a fianco al resto delle ragazze della squadra di calcio nelle loro cabine doccia private.

Ero solito fare un gioco, soffocando ogni suo gemito o urlo nella mia bocca per non essere scoperti dalle sue compagne di squadra a pochi passi da noi.

Ora, rivolto verso il pavimento piastrellato proprio fuori la doccia, vidi un piccolo quadrato nero. Un preservativo. Era venuta preparata. Fin dall'inizio voleva essere scopata lì. Una volta sicuro che si sarebbe retta da sola, aprii la porta per afferrare il preservativo, aprii l'involucro e poi lo gettai sul pavimento.

"Lascia fare a me," disse.

Non mi opposi quando me lo tolse dalle mani. Ma quando mi afferrò la base del cazzo con la mano sinistra e prese a far scivolare il profilattico sulla mia lunghezza, non riuscii a trattenere un gemito. Il suo pugno era caldo e stretto; sapeva esattamente come maneggiarlo. Il preservativo fu sistemato rapidissimamente e lei inarcò un chiaro sopracciglio. Quando accennò un sorriso malizioso, sapevo di dover assecondare quella sfacciataggine.

"Girati. Mani sul muro." La mia voce era profonda, autorevole, ma al suo rifiuto l'avrei portata sul letto e avrei fatto l'amore con lei, lentamente e dolcemente. Tuttavia, non era quello che voleva, e quando obbedì al mio ordine e io misi le sue mani sul marmo, feci scorrere la mano sulla linea della sua schiena. "Vieni più indietro. Di più. Brava ragazza. Ora piegati per farmi dare una bella occhiata a questo culo perfetto."

Mentre si posizionava mi gettò un'occhiata da sopra la sua spalla, guardandomi mentre la guardavo.

I suoi fianchi erano più ampi di quanto ricordassi, il suo culo aveva la forma perfetta di un cuore. Mi implorava di essere sfondato e io feci proprio questo, le diedi un divertente colpo netto. Lei si irrigidì, ma si morse il labbro. La guardai mentre il suo seno ciondolava, le mie impronte lasciavano un segno bello rosa sulla sua pelle molto chiara.

"E quello per cos'era?"

"Per essere troppo dannatamente arrapante." Feci scorrere un dito sulla sua fica, rosa e scivolosa.

"Kit!" gridò, scuotendo i fianchi.

"Cosa cerchi tesoro?"

"Te," gemette quando tolsi la mano.

Avvicinandomi le presi i fianchi, allineai il mio cazzo e le scivolai dentro.

Con una profonda, precisa e perfetta spinta.

"Mio Dio," sospirò.

"Cazzo," sussurrai. I miei occhi si chiusero e le mie dita strinsero più forte. "Questa prima volta sarà violenta. Poi ispezionerò ogni tuo centimetro. Tutta la notte."

"Sì."

E quella fu la fine della conversazione. Non ero più capace di parlare. I miei istinti primordiali avevano preso il sopravvento, cominciai a spingere forte. A scopare. In calore. A rivendicarla.

Dentro. Fuori. Non fui gentile, ma sembrò non importarle. Il modo in cui ripeteva il mio nome e spingeva il suo culo in risposta ad ogni spinta mi diceva che lo voleva. Violento.

Glielo avrei dato.

Cazzo, avrei voluto non indossare il preservativo, ma prima avremmo dovuto parlare. Ora scopare, poi parlare. Poi sarebbe stata mia e avrei potuto penetrarla senza protezione, marchiarla con il mio seme. A quel pensiero le mie palle divennero tese, ero vicino all'orgasmo.

"Vieni Crys. Vienimi sul cazzo."

Non capii se venne perché glielo avevo ordinato io o perché le era dannatamente piaciuto. Non aveva importanza, perché quando la sua fica stretta cominciò a pulsare e a stringersi sul mio cazzo capii che stava venendo. La seguii a ruota, la mia sborra zampillò nel preservativo mentre lei mi mungeva.

Per l'intensità della mia stretta avrebbe avuto dei lividi sui fianchi, ma non mi importava. E non importava nemmeno a lei. Era solo uno dei tanti segni della mia proprietà, dell'averle dato esattamente ciò che desiderava.

Me.

Tendendo il braccio chiusi la manopola dell'acqua e sollevai Crys, la portai fuori dal bagno. Quello era stato il primo round. Il secondo sarebbe stato nel letto.

CAPITOLO 7

Crystal

"Credo proprio di doverti lasciare al pisolino post-sesso e andare via," dissi.

Mi ero presa un paio di minuti per assaporare il doppio orgasmo, ma ora dovevo affrontare la dura realtà. Primo: Kit era bravo proprio come ricordavo. Anzi, meglio. Dannazione. Secondo: con lui era solo una botta e via. Poteva dire quello che voleva – aveva detto che voleva parlare – non mi avrebbe fatto cambiare idea, me ne sarei andata.

Quello non era un pigiama party. Non era una storia a lieto fine. Mi aveva già spezzato il cuore una volta. Non glielo avrei permesso di nuovo. Quindi questo era solo sesso. Del sesso maledettamente stupendo.

Kit era steso supino dietro di me, con il braccio sugli occhi. Lo guardai mentre arricciò l'angolo della bocca. Il resto del suo corpo... beh, era nudo, come Dio lo aveva fatto e super eccitante. Il suo membro era ancora duro. È grosso.

"Dovresti rimanere."

Fece cadere il braccio e si mise su un fianco. Afferrò il lenzuolo e mi coprì dalla vita in giù, e dal luccichio nei suoi occhi capii che era sua intenzione lasciare il seno scoperto.

"E' più grosso di quanto ricordassi," disse con lo sguardo fisso su di questo.

"Sì, beh, in dieci anni cambiano tante cose."

Gli sfuggì un sorriso.

"Ti ho seguita in TV," disse. Cercò i miei occhi, li fissò. "Sono così orgoglioso di te."

Mi fece piacere sentirgli dire quella frase. I miei genitori non me l'avevano detta. Alcuni miei amici sì, ma erano persone poco importanti per me.

"Grazie."

"Davvero tesoro. Era quello che sognavi di fare, e l'hai ottenuto."

Rivolsi lo sguardo altrove, deglutii. Il suo affetto rendeva tutto più complicato. "Beh non proprio tutto."

Non disse nulla, e allora lo guardai.

"Il tuo sogno era andartene di casa. Studiare a Stanford."

"Sì, ma anche diventare tua moglie."

Se lo avessi pugnalato dritto al cuore con un coltello, lo sguardo sul suo viso non sarebbe stato tanto straziante. Mi guardò angosciato.

"Hai sposato un altro." La sua voce era tranquilla.

Già, Robert. Cristo, lui era stato uno sbaglio. "Tu non eri un'opzione valida."

Mi voltai per alzarmi dal letto, rimettermi i vestiti addosso, ma mi prese dalla vita e mi riportò al mio posto. Il suo tocco era gentile, ma non mi avrebbe permesso di andarmene.

"Dillo, dai." I suoi occhi erano più scuri. C'era della rabbia, ma non nei miei confronti. "Dillo, Crys. Hai aspettato anni per urlarmi contro. Fai pure."

"Sei andato a letto con Lindsay Mack. Hai fatto la tua scelta."

Si coprì il volto con una mano, sospirò. "Ricordi cosa avrebbero fatto i miei genitori se avessi deciso di diventare un cantante?"

I suoi genitori erano ricchi e con la puzza sotto il naso, più attenti all'apparenza che alle persone. Almeno si erano fatti risentire. Il nome dei Buchanan era famoso tanto quanto Kit. Beh, ora non più.

Si era davvero guadagnato la fama senza l'aiuto dei genitori.

"Ti minacciarono di diseredarti."

Lui sorrise a quella risposta. "Se c'è una cosa che so sui miei è che non mentono. Hanno tirato dritto, Crystal. Sapevo che lo avrebbero fatto per davvero. Il fine settimana del Primo Maggio, quando tutti si trasferirono nel dormitorio di un college, io me ne andai. Senza soldi. Senza un posto in cui vivere."

Cavolo, doveva essere stato difficile. I miei genitori se ne fregavano di me, ma almeno avevo la sicurezza della borsa di studio completa, per quattro anni a Stanford. Una camera da letto, una mensa, tutto quello di cui avevo bisogno.

Lui non aveva niente di tutto ciò.

Mi presi volontariamente un po' di tempo per guardarmi attorno, in quella stanza di un hotel ridicolosamente costoso, famoso per aver ospitato star della TV e presidenti. "Sembra che tu sia riuscito a costruirti la tua fortuna, a mandare a fanculo i tuoi genitori."

Rise debolmente. "Già, proprio così. Non avevo niente, tesoro. Non *ero* niente. E tu invece? Tu dovevi andare. I tuoi sogni si stavano avverando. Non potevo scombussolarti i piani."

Non mi piaceva la piega che quella conversazione stava prendendo. Una senso di disagio mi attanagliò lo stomaco. "Tu facevi parte dei miei sogni," precisai.

Scosse la testa sul cuscino. "No. Li avrei infranti. Tutti. Tu dovevi andare a Stanford. Far vedere a tutti la tua intelligenza, la tua fottuta perfezione. E ci sei riuscita."

Allora balzai fuori dal letto,

camminando per la stanza, ignorando il fatto che fossi nuda. Guardai il lussuoso tappeto della suite, il modo in cui i miei piedi nudi affondavano in quelle morbide frange. Andavo su e giù, elaborando quello che mi aveva appena detto. Mi fermai. Giuro che i miei piedi si immobilizzarono. Lentamente mi voltai verso di lui. " Non sei andato a letto con Lindsay Mack."

Le parole produssero un leggero mormorio, ma lui mi sentì. Non negò. Non disse che mi stavo sbagliando.

"O mio Dio, Kit. Perché?"

Allora cominciai a piangere, ricordando il momento in cui mi aveva respinta. Mi aveva ridotto il cuore in mille pezzi. Ma non sembrava indifferente come uno a cui non fregasse niente. Aveva provato a fare lo stronzo, e aveva recitato molto bene. Nelle mie ore più buie pensai di aver intravisto nei suoi occhi una traccia di dolore, di strazio, ma solo per un secondo. In quel periodo mi rimproverai il fatto di averlo immaginato addolorato, quando sembrava distrutto tanto quanto me. Ma quello sguardo non era soltanto la mia immaginazione. Ora riuscivo a vederlo di nuovo.

Rimase in silenzio per un minuto. Per dieci anni mi aveva tenuto all'oscuro di tutto. Per dieci anni era rimasto in silenzio, mi aveva fatto pensare le peggiori cose sul suo conto, quando in realtà lo aveva fatto per me.

"Perché dovevi andare. Dicevi di voler abbandonare l'idea di Stanford, di rimanere con me.

Non potevo lasciartelo fare."

Riuscivo a malapena a vederlo fra tutte le mie lacrime.

"Ma – "

"Vieni qui." La sua voce era

affettuosa, ma il tono era sommesso e duro.

Mi avvicinai al letto, salii con un ginocchio. Lui alzò le coperte, ci si mise sotto e mi tirò a sé. Le coperte ci avvolsero e ci ritrovammo faccia a faccia, così vicini che potevo vedere le macchioline scure nelle sue pupille.

"Non mi avresti lasciato senza una buona ragione. Ho dovuto spezzarti il cuore, e mi dispiace. Ma altrimenti saresti rimasta e non potevo permetterlo."

"Non stava a te decidere," replicai, asciugandomi gli occhi con le dita.

"Sì, invece. Tu eri mia. Ti amavo. Dovevo proteggerti, da quegli stronzi a scuola e, in fin dei conti, anche da te stessa. Non potevo permetterti di mandare a puttane il tuo futuro soltanto per me."

Scossi la testa, le lacrime ripresero a

cadere. Mio Dio, che decisione che aveva preso. Aveva distrutto il mio cuore, ma lo capivo. E aveva ragione. Avevo diciott'anni ed ero stupida. Avrei rifiutato una borsa di studio completa a Stanford per seguirlo a New York? E per fare cosa? La cameriera per pagarmi gli studi mentre lui faceva le sue serate?

Lui era forte, e molto più intelligente di me, almeno nelle scelte di coppia. Mi aveva amata, tanto da lasciarmi andare, e potevo soltanto immaginare la sofferenza causatagli da quella decisione.

"E adesso?" gli chiesi.

"Adesso abbiamo una seconda chance. Desidero che tu faccia parte della mia vita."

Dieci anni erano un lungo periodo. Ora eravamo persone completamente diverse. La sua era una vita spericolata, pubblica, viveva sotto i riflettori. Io invece, tranne che per quel tour promozionale, conducevo una vita tranquilla e solitaria. Me ne stavo per fatti miei e lavoravo a testa bassa. Sì, lo amavo ancora. Una parte di me lo avrebbe amato per sempre, ma ora non solo eravamo persone diverse, ma avevamo vite completamente diverse. E io non ero il tipo di donna che sopportava fan sfegatate, droga e tradimenti. *Quindi* non avrei accettato.

"E che mi dici di tutte quelle donne?" replicai, cercando di non essere gelosa per tutte le sue storie.

"Quali donne?" chiese, e io rimasi a bocca aperta. Quali donne?! Pensava fossi ritardata? O cieca, sorda, idiota?!

Le lacrime si fermarono. "Quali donne?!" gli chiesi. "Ci sono milioni di foto su internet. Devo fare una ricerca su Google? Ce le ho stampate sulle palpebre, foto che ti ritraggono accerchiato da bellissime donne. Tante donne."

"Gelosa?" mi chiese, e mi mandò in bestia. Come avrei dovuto rispondergli? Gelosa?! Certo. Per anni. Ma non era mio. Per tanto tempo non era stato mio.

Il mio silenzio mi fece imbronciare, e il tono provocatorio di Kit scomparve del tutto.

"Senti, ti eri sposata. Sistemata. Innamorata. Uno stronzo ti aveva messo l'anello al dito e io ero dannatamente geloso. Cos'altro avrei dovuto fare?"

Pensai a Robert. Quel matrimonio era stato una farsa. Pensavo di poter essere felice con lui, ma cercavo solo di autoconvincermi. Non ero mai stata innamorata di lui. Non avevo mai amato nessun altro a parte Kit.

"Le cose non funzionavano fra di noi. Abbiamo divorziato due anni fa. Da quel momento... da quel momento non c'è stato più nessuno."

Scorsi una scintilla di calore

illuminare i suoi occhi, si illuminò al pensiero che per tanti, tanti anni non ero stata con nessuno. Prima di quella sera mi sentivo come una zitella con la vagina ricoperta di ragnatele.

"Non lo nego, ci sono state delle donne in passato. Ma nessuna di loro mi interessava, Crys. Non le amavo. Per me c'eri solo tu. Quando ti sei sposata, ho cercato di dimenticare. Ho provato ad allontanarti dal mio mondo."

"E ora?" gli domandai.

Si spostò, mi ritrovai di schiena, lui sopra di me. Le sue dita mi tolsero i capelli dal viso. "Ora, sei mia."

Era quello che, da sempre, avrei voluto sentirmi dire da lui. Avevo sognato di vederlo sulla porta di casa mia, pronto a dirmi che mi voleva di nuovo, che mi avrebbe fatta sua. Ma non era mai successo. Lavoravo. Andavo a scuola. Avevo un matrimonio di merda, e poi un divorzio ancor più triste. Quella situazione aveva eliminato tutto il mio candore e la mia innocenza, come dell'acido sui fiori. Sapevo cosa significasse, in quel momento. Eravamo nel posto giusto, al momento giusto, c'era tanta chimica fra di noi. Ma non ero più la ragazzina ingenua di un tempo. Questa era una botta e via. Una cosa da una notte. Non mi aspettavo che abbandonasse il suo stile di vita, le donne, i concerti o i festini per stare con me. Era una rock star. Non era più il mio Kit. Ora era un uomo di mondo. Non ero alla sua altezza. E non volevo nemmeno provare ad esserlo, sapendo che tanto ne sarei uscita col cuore a pezzi.

Entrambi avevamo realizzato i nostri sogni, ma nel frattempo eravamo cresciuti, l'uno lontano dall'altra.

A lungo andare le cose non avrebbero funzionato fra di noi. Eppure, adesso potevo godermelo. Solo per una notte. Potevo farne tesoro e archiviarla come la migliore della mia vita. Pensai al sesso, alle sue mani, al suo bacio e al suo membro, e conclusi che sarei stata fortunata per molto tempo.

Quando abbassò la testa per baciarmi lo ribaciai, come fosse l'ultima notte. Ma no, non me la sarei svignata mentre lui dormiva. Il traffico del mattino, gli impegni lavorativi e la fottuta realtà sarebbero piombati troppo presto sul nostro mondo felice. E quando mi aprì leggermente le gambe e mi infilò due dita dentro, capii che quella di andare via sarebbe stata una dura scelta.

CAPITOLO 8

Crystal

Mi svegliai al calduccio. E comoda. Fra le braccia di Kit. O mio Dio. La scorsa notte.

Kit Kaswell.

Mi ero spogliata e mi ero aggrappata alla doccia con lui. Non ero mai stata una tipa intraprendente nel sesso. Non lo ero mai stata con Kit, fino a quel momento. Aveva detto di volersi fare una doccia e io me l'ero immaginato nudo, con l'acqua che gli scorreva su quei muscoli marmorei. Sapevo che aveva dei tatuaggi, ma volevo vederli. Dopo avergli messo le mani sulla schiena, lui prese il sopravvento. Tutta. La. Notte. Ero indolenzita in posti che nemmeno sapevo potessero indolenzirsi. Aveva il mio di dietro davanti a sé, il suo cazzo duro tozzo spingeva sul mio culo. Il suo braccio, attorno alla mia vita, mi teneva ben stretta, mentre il suo palmo avvolgeva il mio seno. La sua presa calzava a pennello.

"Buongiorno," mi disse, con la voce rauca e profonda tipica del risveglio.

La sua mano cominciò a muoversi, giocando con il mio seno mentre le sue dita accarezzavano dolcemente il capezzolo. Stava funzionando.

"Mm," mormorai. "Di nuovo?" Chiesi quando mi si avvicinò coi fianchi.

"Sempre." Inclinandosi verso di me,

mi mordicchiò la nicchia fra collo e spalla. Quando eravamo giovani non era una zona erogena per me, ma ora mi piaceva sicuramente. E lui lo aveva capito. Lo aveva capito alle tre del mattino, quando mi ero svegliata con la sua testa fra le mie gambe. Wow, un orgasmo era un bel modo per svegliarsi. Ma adesso, beh adesso dovevo fare pipì. Scivolai fuori dalla sua stretta e mi alzai dal letto. Dandogli un'occhiata, lo vidi osservarmi con un sorrisetto furbo. Dirigendomi verso il bagno, scossi la testa. "Sei davvero cattivo."

Lui si tolse le coperte di dosso, afferrò il suo membro, quella parte del suo corpo che aveva fatto tremare il mio mondo per ben tre volte la scorsa notte, e cominciò ad accarezzarselo. "Dannatamente dritto."

Chiusi la porta del bagno, mi appoggiai al pannello di legno. Sbuffai quando sentii il telefono squillare e poi

Kit bestemmiare mentre parlava con qualcuno.

Ecco, era ora di affrontare la dura realtà.

Mi ero cacciata in un bel guaio. Mi misi davanti allo specchio, mi diedi un'occhiata. Sembravo proprio una donna sbattuta per bene. I miei capelli erano tutti intrecciati, aggrovigliati e arruffati. La pelle era un po' arrossata e i capezzoli erano turgidi. Mi avvicinai ancora allo specchio, mi guardai da vicino. Avevo un succhiotto sulla curva superiore del seno. Kit era stato sempre molto delicato, ma mi ero persa quel momento. Sarebbe rimasto lì per giorni.

Mi sfuggì un piccolo sorriso. Giorni. Io me ne sarei andata. Anzi, lui se ne sarebbe andato, eppure questo segno sarebbe rimasto. Ma non avevo bisogno di vedere quella piccola chiazza rossa per ricordarmi di quella notte. Non me la sarei mai scordata. Mai. Proprio come non mi ero mai scordata della nostra storia da adolescenti.

Era soltanto una notte. Era stata stupenda, ma lui sarebbe scivolato via da quel letto e via dalla mia vita. Dovevo farmi una camminata umiliante per tornare al mio hotel. Cazzo. Ero la fan che si era portato a letto dopo il concerto, e sarei stata la fan che andava via, camminando con le gambe un po' arcuate, con gli stessi vestiti della notte precedente. E lo staff di questo hotel? Probabilmente avevano visto tutto. Ogni. Singolo. Particolare.

Davvero imbarazzante.

Kit non avrebbe rinunciato alla sua band, non volevo fargli fare questa scelta. Quelle feste, quelle donne, quello stile di vita. Dio, quella stanza d'hotel. Non ero mai stata in una stanza come quella, non me l'ero mai lontanamente sognata. Tutto trasudava ricchezza, dalla spessa trapunta in piuma d'oca al soffice tappeto color crema sotto i miei piedi nudi. No, quella non era la mia vita. Era arrivato il momento di tornare alla realtà. Il suo sogno era quello di essere una rock star, e non avevo mai sentito dire che una moglie tranquilla trovasse posto nello stile di vita di una rock star.

E non ero il tipo di donna capace di starsene a casa ad aspettarlo con pazienza, mentre lui mi avrebbe lasciato sola per mesi interi. Le relazioni a distanza erano una merda, e sapevo che il mio cuore non avrebbe sopportato quel tipo di stress. Non sarei sopravvissuta ad una relazione di quel tipo con Kit.

Quando uscii dal bagno trovai Kit seduto sul bordo del letto.

"Mi ha chiamato Tia. Un canale TV ci ha riservato un'intervista per le dodici. Devo andare."

Il dolore cominciò a farsi sentire. La sensazione della perdita. Questa volta la colpa era stata mia. Gli avevo permesso di avvicinarsi, e adesso dovevo convivere col dispiacere di non poter averlo.

"Devo farmi una doccia." Si avvicinò, mi accarezzò le guance con le nocche. Perché doveva essere così dannatamente dolce?"

Avevo un nodo in gola, non riuscii a dire nulla, e allora annuii.

"Dammi dieci minuti, e poi porterò di nuovo la mia bocca sulla tua fica. Un ultimo assaggio prima di andare."

La suddetta fica si era bagnata al semplice suono della sua voce, al pensiero di vederlo in ginocchio sul pavimento, con le sue mani strette sul mio culo, mentre mi leccava e succhiava brutalmente il clitoride.

Dopo avermi baciato sulla fronte, si voltò e si avviò verso il bagno. Quando sentii lo scroscio dell'acqua, capii che era ora di andare. In quel preciso istante. Se fosse uscito con soltanto un asciugamano attorno alla vita, tutta la mia buona volontà sarebbe evaporata in un nanosecondo.

Afferrando i miei vestiti me li misi velocemente addosso, presi la borsa. Ma non potevo andarmene senza dirgli nulla. Sapevo di non avere il coraggio di dirglielo in faccia – mi avrebbe presa e messa sotto di lui – ma un bigliettino poteva funzionare. Non avrebbe potuto trattenermi con un biglietto sul cuscino.

Trovai un agenda dell'hotel e una penna sulla scrivania, scarabocchiai un paio di righe.

Ecco. Fatto. Questione chiusa.

Dopo un'ultima occhiata alla porta del bagno chiusa, pensando all'uomo che probabilmente si stava insaponando quel corpo meraviglioso nascosto alla mia vista, uscii dalla stanza. Dalla vita di Kit.

Mi levai di torno.

―――

Kit

Il mio cazzo era così fottutamente duro. Di nuovo. Ero come un quindicenne che non riusciva a controllarlo. Cazzo, me l'ero scopata tre volte e non ero ancora sazio. Ma dubitavo che lo sarei mai stato. Lo afferrai, lo accarezzai una volta, ma poi mi fermai. No, non avrei sprecato un orgasmo nella doccia. Tutto il mio piacere, tutta la mia sborra sarebbero stati per lei. Volevo riempirla, entrare senza protezione, scoparla così come madre natura l'aveva fatta. Niente barriere fra di noi.

Le mie palle si indolenzirono e io grugnii. Afferrando il bagnoschiuma cominciai a lavarmi. Rapidamente. Avvolgendo un asciugamano attorno alla vita, ne presi un altro per asciugarmi i capelli.

"Allungati sul letto e spalanca quelle splendide gambe. Gradirei un po' di fica per colazione," dissi.

Aprii la porta, aspettandomi di vedere una Crystal insaziabile e accondiscendente. Ma il letto era vuoto.

"Crys?" chiamai, ma già avevo capito. Se n'era andata. I suoi vestiti non erano sparsi sul pavimento.

Vidi il biglietto.

Ho passato una notte meravigliosa. Grazie. È stato davvero bello rivederti. Purtroppo, devo andare. Devo autografare delle copie alle quattordici. In bocca al lupo per il tour. – Tua, Crystal

"Cazzo," bofonchiai, accartocciando il biglietto nel mio pugno.

Avevo lasciato che una dannata scrittrice mi lasciasse con un bigliettino. Avrei dovuto arrabbiarmi, prendermela con lei. Ma non ci riuscivo. L'amavo ancora di più. La sensazione che provavo, ora che se n'era andata, che non sapevo dove fosse, , lì fuori da qualche parte, era di dispiacere. Mi sentivo come sventrato da un coltello. Potevo solo immaginare cosa avesse provato nell'allontanarsi da me, da *noi*. Di nuovo. Ma questa volta non c'era alcuna bugia. Sapeva che la amavo. Sapeva che avrei mollato tutto per lei, e comunque aveva pensato che quella di andare via sarebbe stata la scelta migliore, per entrambi.

Ma fissando quel letto vuoto, realizzai di aver commesso un maledetto ed enorme errore. Un errore madornale. Avevo parlato soltanto del passato.

La amavo, ma non glielo avevo

detto. Ero così impegnato ad affondare dentro di lei che non avevo pronunciato quelle parole. L'avevo baciata, e scopata, e avevo dimenticato di dirle ciò che desideravo.

Lei. Per sempre. Un anello d'oro al suo dito e lei, nel mio letto, ogni santo giorno per il resto della mia vita.

Fanculo. Non me la sarei fatta scappare. La mia band? Beh, sì, erano stati tutta la mia vita, ma ora avrebbero dovuto farsene una ragione. Adesso la mia vita era Crystal. Lo era sempre stata, ma per troppo tempo mi ero dedicato alla musica. Ora avevo tanti soldi. Tanto successo. Potevo prendermi cura di lei. Era arrivato il momento di metterla al primo posto. Di vivere. Appieno. E non ci sarei riuscito senza di lei. Dovevo dimostrarle che potevamo farcela. Il voler seguire i nostri sogni e il desiderio di vivere insieme non sarebbero più state due opzioni che si escludevano a vicenda. Non avevamo più diciotto anni. Non eravamo più degli aspiranti artisti squattrinati, o alla mercé dei nostri penosi genitori.

Potevamo essere tutto quello che desideravamo. Potevamo fare tutto quello che volevamo. Insieme.

Gettando via l'asciugamano, cercai il cellulare e chiamai l'unica persona in grado di risolvere quella situazione.

"Tia, ho bisogno del tuo aiuto."

CAPITOLO 9

Crystal

La mano di Vi mi stringeva il polso in una morsa, non riuscivo a liberarmene. Mi invase un senso di déjà vu mentre entravamo nell'arena affollata. Migliaia di persone riempivano quel posto, come un fiume di volti in costante movimento attorno a me. Sopra le scale mobili. E sotto. Si muovevano in file compatte attraverso i corridoi, tutti eccitati e contenti, col sorriso, gioiosamente in fila per pagare decisamente troppo per una t-shirt con l'immagine dell'album dei Nightbird sul davanti e,

sul di dietro, un lista delle tappe del tour. Oppure il volto di Kit.

Quel volto. Faceva male vederlo tutt'intorno, sui manifesti.

Tutti lo desideravano.

"Che ci facciamo qui? Avevi detto che ci saremmo fatte un giro in città con delle tue amiche." Lo avevamo deciso due settimane prima. Eravamo nella città natale di Vi, e aveva gioito nello scoprire che quello era l'ultimo dei tre giorni del loro tour promozionale. Io ero esausta, o, almeno, lo ero mentalmente. E più cercavo di dimenticare gli avvenimenti delle ultime ventiquattr'ore, più il mio corpo si ribellava. Riuscivo ancora a sentire Kit dentro di me, che mi baciava, mi faceva sentire *viva*.

"Fidati di me." Tia mi strattonò e

barcollai in avanti, fra la folla, tentando di diventarne parte. Vi aveva insistito: ci saremmo dovute mettere in tiro quella sera. Niente jeans. Mi aspettavo una discoteca con musica assordante, tanto alcool e niente ricordi spiacevoli, e mi ero vestita di conseguenza. Una minigonna nera e stretta mi abbracciava ogni curva. I tacchi erano troppo alti, le fasce nere si incrociavano sulla caviglia, creando un intreccio sexy che mi faceva sentire anche abbastanza carina. Avevo i capelli sciolti, mi ero truccata per bene, creando una sorta di armatura che potesse nascondere la mia miseria agli occhi degli altri. Con un po' di vino e di musica forse avrei dimenticato Kit. Ma lì? Non sarebbe successo un bel niente. Eppure, anche essendo giù di morale, comunque sembravo bella.

Scossi la testa e mi lasciai trascinare da lei. Tirai un sospiro di sollievo quando oltrepassammo i bodyguard che ci avevano fatto entrare nel backstage la sera prima. Non avevo bisogno di un altro concerto di Kit Buchanan. Lui era già sepolto in fondo alla mia anima.

Non conoscevo le intenzioni di Vi, ma non mi importava molto. Da quando avevo lasciato Kit, quella mattina, camminavo nella foschia. Quindi, sì, non vedevo un futuro per noi. Ma questo non faceva che rendermi più triste.

Una canzone rock, esplosiva e assordante, cominciò nell'arena e Vi saltò, e prese a camminare al doppio della velocità. "Sbrigati! Altrimenti ce lo perdiamo."

"Perderci cosa? Vi, lo so che ami questa band, ma un concerto è sufficiente."

Sarei mai riuscita ad ascoltare le loro canzoni in radio senza intristirmi?

Non ero per niente in vena di sentire di nuovo i Nightbird. Avrei dovuto raccontarle della notte prima, del modo in cui me n'ero andata. Non eravamo una coppia. Non eravamo nulla. Ma se avessi spiegato il tutto, avrei cominciato a piangere, e avevo già pianto abbastanza al pensiero di quello che *sarebbe potuto essere* con lui.

"Sta a vedere." Fece un gran sorriso, e quando vidi la manager della band, Tia, balzai indietro per liberare la mia mano. Tia indossava dei pantaloni e una camicia che la facevano sembrare la responsabile di una banca piuttosto che di una rock band. Ma poco mi importava. Era esile, ma dura come una roccia, e rispettavo quel suo modo di fare.

"Vi. Crystal. Alla buon'ora. Siete in ritardo."

Ritardo?

Vi alzò le spalle. "Scusa. Ho fatto

del mio meglio."

Tia mi squadrò dalla testa ai piedi, fece un cenno di approvazione e utilizzò una chiave magnetica per aprire la porta dietro di lei. Guardai dietro di lei e scorsi una sala d'attesa, vuota, costeggiata da tante porte.

"Ma che succede? Vi, se è una tua nuova trovata pubblicitaria giuro che ti ammazzo."

Tia sollevò le braccia e cominciò a muoversi freneticamente attorno a noi, guidandoci attraverso la porta come un cane che raduna il gregge. Sentivo di essere manipolata, ma non sapevo cosa fare al riguardo. E, in tutta onestà, nel profondo, la mia curiosità era alle stelle. "Veloce. Entrate. Entrate."

Vi entrò nel corridoio e io la seguii. Anche qui la musica era forte, ma stranamente soffocata, il ritmo del basso rimbombava sulle pareti e sul soffitto, e i suoni erano talmente smorzati che non riuscivo nemmeno a riconoscere la canzone che stavano suonando.

"Destra. A destra." Tia ci seguii e chiuse la porta dietro di lei, controllò due volte che fosse chiusa bene e sollevò il mento per annuire ad un bodyguard gigante che non avevo notato prima di allora.

Si piazzò davanti alla porta, come se fossimo prigioniere piuttosto che ospiti.

Tia andò via, tornò indietro attraverso il corridoio e noi la seguimmo, coi nostri tacchi che producevano, sul pavimento duro, un forte rumore intermittente.

"Vi," mi lamentai. "Ascolta, andiamocene a un bar o un locale qualunque." *E scordiamoci di... tutto.* Mi ignorò. La maledissi.

Avevo la sensazione di percorrere una strada infinita, il corridoio curvava e si snodava sempre più in una spirale senza fine, una fine sempre invisibile, dietro la curva continua.

Tia si fermò davanti ad un'altra porta chiusa, e utilizzò la chiave elettronica sullo schermo di sicurezza. Quando la porta si aprì, vidi due uomini grossi. Tia li salutò e poi si voltò, indicando me. "Gentili signori, vi presento Crystal. Potreste per piacere scortarla fino alla sua destinazione?"

Uno di loro tese il braccio per indicarmi la via. Ma che cavolo stava succedendo?

Dando un ultimo sguardo a Vi, la cui faccia, per una volta, non lasciava trapelare nulla, seguii l'uomo verso la sala. Vi e Tia mi seguirono rimanendo al mio fianco. Ad ogni passo il volume della musica aumentava, fino a farmi male ai timpani.

Ancora tre passi e avremmo svoltato l'angolo. L'uomo aprì una piccola porta e annuì mentre lo seguivo... sul palco.

Oh. Cazzo.

Con una spinta dolce ma decisa, inciampai in avanti, abbastanza da esser vista da tutto il pubblico.

Guardando indietro, vidi la porta chiudersi dietro di me. Ero sola. Beh, sola per quanto fosse possibile esserlo, a pochi passi da Kit e da migliaia di fans che gridavano sotto il palco.

Dio, stava proprio bene con il tipico outfit da rock star, un paio di jeans sgualciti e una maglietta nera. Il maxischermo alle spalle della band si attivò e, quando Kit fece segno agli altri di smettere di suonare, cambiò inquadratura. Le luci girevoli e psichedeliche si spensero e, tutt'a un tratto, vidi la mia immagine in quello schermo. Me. Alta tipo sei metri.

Kit sollevò una mano e la folla si calmò, aspettando ansiosamente. Come se stessero mantenendo, tutti insieme, un grosso segreto, e stessero trattenendo il fiato.

Il sorriso di Kit mi fece palpitare il cuore, ma non guardava me, parlava alla folla.

"Ricordate la storia che vi ho raccontato pochi minuti fa?"

Le urla attraversarono l'arena, le mie mani, lungo i fianchi, si stringevano e poi si rilassavano.

Quale storia?

D'improvviso delle voci emersero dalla folla.

Sposalo!

Quanto cazzo sei fortunata!

Se rifiuti me lo prendo io!

Non farlo, Kit! Io ti amo!

Prima che potessi realizzare, la band cominciò a suonare la nostra canzone, piano, più come sottofondo, non come una vera esibizione. La nostra canzone. La canzone che avevamo ascoltato il giorno della nostra prima volta. La canzone che era solito cantarmi quando, nuda, mi teneva fra le sue braccia. La canzone che ancora mi spezzava il cuore ogni volta che la sentivo alla radio. Come facevano a saperlo? Oddio, Kit glielo aveva detto. Loro sapevano. Anzi, facevano parte di quel piano.

Oh. Mio. Dio. Che stava facendo? Cominciai a tremare. Kit amava stare sul palco, farsi acclamare da migliaia di fans. Io no. Io odiavo i riflettori.

Kit mi venne incontro e si mise in ginocchio. Rimasi sbalordita.

"Crystal, so che sei spaventata. So che è una follia, ma io ti amo. Non voglio passare più un giorno senza di te. Non ci riesco."

Le urla della folla aumentarono, mi incoraggiavano a fare di tutto, dal baciarlo al dargli un calcio in culo. Alcune lo imploravano di non farlo. Era assurdo. Quella scena era assurda.

Guardando il volto di Kit, inclinato verso l'alto, il mio sguardo incontrò il suo e tutto il resto svanì.

Ora c'eravamo soltanto io e lui. Noi. E vedevo tutto nei suoi occhi. Amore. Devozione. Disperazione. Necessità.

"La band? Potrà essere uno dei miei sogni, ma tu sei tutta la mia vita. Per favore, dì soltanto di sì." E lo disse a bassa voce, non si sentì al microfono. Quella richiesta era solo per me. "Non dobbiamo per forza scegliere. Possiamo trovare una soluzione. Dammi una chance. Possiamo avere tutto. Insieme."

L'anello brillò di una luce intensa mentre Kit me lo infilava al dito. Guardai l'anello e poi lui, realizzando che non gli avevo ancora dato una risposta. Pensavo che avremmo potuto scegliere soltanto una delle due cose. O i nostri sogni o il nostro amore. Ma aveva ragione. Avremmo *potuto* averle entrambe. *Io* specialmente. Ero una scrittrice. Avrei potuto scrivere ovunque. E il luogo in cui volevo essere era con lui.

"Crys? Ti amo. Ti ho sempre amata. Ti prego, sposami." La band smise di suonare e tutte le luci sparirono fino a quando, tutt'intorno, divenne buio e soltanto noi due, con un riflettore puntato, eravamo illuminati, come se fossimo le uniche due persone al mondo.

Una vampata di calore mi colorì le guance e realizzai di essere in lacrime. Tutto era teso dentro di me, il dolore era sfrontato, potente, e dannatamente piacevole. Annuii, ma obiettai: "A patto che tu non mi faccia mai più salire su un palco."

Allora sorrise, era così bello. Tutto quello che aveva sempre desiderato adesso era suo, e lo stesso valeva per me. Ci avevamo messo dieci anni, ma era arrivato il momento di godere di quello che il nostro cuore aveva da sempre desiderato. Avevamo lavorato sodo per ottenerlo. Ce l'eravamo guadagnato. E ce lo meritavamo.

"Affare fatto. Mia cara *moglie*."

Mi inclinai in avanti per baciarlo, avevo bisogno di condividere tutto quello che provavo con lui, col mondo intero che ci guardava. All'improvviso non mi importava più. Li lasciavo guardare. Era mio.

La folla impazzì, ma io mi dimenticai di tutta quella gente. Mi interessava un'unica cosa, l'uomo che si era inginocchiato ai miei piedi e mi aveva abbracciata. Le sue labbra si incollarono di nuovo alle mie e io mi sentii consumata da lui, da quell'amore che mi era scoppiato nel petto come una bomba, che mi aveva stritolata.

Ero inerme di fronte a lui. Lo ero sempre stata.

EPILOGO

*ue mesi dopo...*

Crystal

LONDRA. Amsterdam. Berlino, la settimana scorsa.

Sospirai e mi raggomitolai sul divano, nel camerino di Kit, ai piani inferiori del grande stadio. Eravamo a

Londra per il terzo concerto. Avevamo già visitato tutte le attrazioni turistiche.

La notte prima mi aveva piegata a novanta gradi sul divano, in hotel, e mi aveva fatto impazzire, dicendo per tutto il tempo cose porche con l'accento inglese che mi faceva eccitare. Aveva un talento, quello di saper adattare la sua voce in base a tutto quello che sentivamo. Lo prendevo sempre in giro, gli dicevo che sarebbe dovuto diventare una sorta di esperto linguistico o spia della CIA invece di fare la rock star. Il giorno seguente avremmo preso un volo per Dublino. Whisky irlandese, distese verdi ovunque e Kit che mi avrebbe promesso di spogliarmi e parlarmi con un accento irlandese e sexy.

Sarebbe stato interessante.

I colpi rumorosi del basso, provenienti dalle casse del concerto, facevano tremare il pavimento e le pareti, e io picchiettavo i piedi a terra sorridendo, sapevo che il mio uomo si stava divertendo nel suo campo. Stava condividendo la sua passione col mondo.

Aprii il portatile, cominciai a scrivere. C'ero quasi. Ancora poche pagine e avrei finito, pronta a sfornare la mia creazione, mandarla all'editore e prendermi una pausa.

Anche Kit era pronto per una pausa. Otto settimane di tour. Avevo visto posti meravigliosi, avevo amato ogni singolo minuto. Ma quello che volevo davvero era soltanto Kit, un letto caldo e qualche giornata tranquilla, senza impegni di nessun tipo. Lui era d'accordo, aveva costretto Tia a rimandare le date di registrazione del nuovo album.

A causa mia – o del nostro amore

appena sbocciato – l'intera band aveva deciso di rallentare i ritmi. Avevano rincorso il loro sogno per così tanto tempo che si erano dimenticati di averlo in pugno. Era anche ora di vivere un po'.

Specialmente adesso. Specialmente per me e Kit. Avevo avuto l'OK dal dottore per abbandonare il preservativo. Prendevo la pillola già da tempo, ero al sicuro da gravidanze indesiderate. Potevo finalmente dare a Kit ciò che desiderava, me, senza barriere fra di noi. Quando mi avrebbe posseduta non ci sarebbe più stato il lattice fra noi. Niente, solo pelle su pelle. Aveva detto di volermi riempire col suo seme, marchiarmi. Quelle parole sporche mi avevano fatto eccitare e diventare ancor più bramosa.

Avrei aspettato ancora due settimane, fino a quando ci saremmo giurati eterno amore in spiaggia, fino alla notte del matrimonio. Sì, proprio così. Volevo Kit nudo, dentro di me, il più possibile. Fremevo al pensiero di noi due pelle a pelle. E allora Kit sarebbe stato mio per sempre.

Mi misi le cuffie e alzai il volume per sovrastare il sottofondo del concerto, in modo da concentrarmi. La scadenza per la consegna di quel libro non avrebbe rovinato il nostro matrimonio, e nemmeno le due settimane di relax in spiaggia per la luna di miele, durante la quale avremmo scopato come conigli.

Un'ora dopo infilai il portatile nella sua custodia, avevo finito. La cosa più bella di quel lavoro, scrivere, era che potevo farlo ovunque in tutto il mondo, bastava avere una connessione ad Internet.

E questo voleva dire che avrei potuto viaggiare con la band e, allo stesso tempo, guadagnarmi da vivere, fare il lavoro dei miei sogni.

Nessuno dei due avrebbe dovuto abbandonare il proprio sogno per stare insieme all'altro. Vi era entusiasta all'idea che avrei lavorato e vissuto insieme a Kit. Cazzo, lei voleva soltanto l'accesso permanente ai concerti della sua band preferita e ai ragazzi più sexy – Kit escluso.

La porta si aprì, ed eccolo.

Una divinità rock.

La mia divinità rock.

"Ciao."

Mi inclinai indietro sul divano, spalancando le gambe in un palese invito. Avevo passato le due ore precedenti a scrivere una delle scene di sesso più eccitanti *di sempre*. In attesa di Kit. "Ciao."

Il tubino super attillato che indossavo sembrava quasi una seconda pelle, e sotto ero nuda, proprio come piaceva a lui. Era blu, dello stesso identico colore dei miei occhi, e lo avevo conservato per quella notte, la nostra ultima notte a Londra, proprio per farlo impazzire.

Chiuse la porta a chiave, e il rumore della serratura mi fece tremare prima ancora che accadesse qualcosa. Non gliene fregava niente degli after, delle fan, e nemmeno della band.

A fine concerto voleva soltanto me.

"Sbaglio o mi hai appena fatto vedere la tua fica nuda?"

"Già." Alzai un sopracciglio e gliela mostrai di nuovo. "Cosa farai al riguardo?"

Camminò a passo deciso verso di me, senza mai staccare il suo sguardo dal mio. Quando si inginocchiò di fronte a me, con le sue mani che mi accarezzavano tutte le cosce andando su e giù, respiravo a fatica. Avevo atteso quel momento per tutta la giornata. Il momento in cui avrei smesso di lavorare per stare con lui. Proprio come stava accadendo.

Sempre in ginocchio, si inclinò in avanti e mi baciò, usando, nel frattempo, le mani per spostare verso l'alto il materiale la gonna elasticizzata. Ero nuda dalla vita in giù, ma indossavo i tacchi, il top ed avevo capelli e make-up perfetti. L'aria fresca mi sfiorava le profondità bagnate, mi faceva sentire provocante, e la cosa mi piaceva. Mi faceva impazzire l'idea che Kit non riuscisse a staccarsi da me.

Mi baciò come se fossi il suo ossigeno, e io mi sciolsi dentro la sua bocca, pronta a dargli tutto quello desiderava, pronta ad essere tutto quello che avrei dovuto essere per lui. Kit mi mordicchiò sul lato del collo e cominciò a scendere, incastrando le sue spalle fra le mie gambe spalancate. "Cosa vuoi che faccia al riguardo?"

Risi e portai i miei tacchi dietro le sue gambe, avvinghiandomi con le gambe attorno a lui.

"Fammi tremare."

Lui grugnì e abbassò la sua testa, scovando il mio capezzolo sotto il tessuto dell'abito. Non perse tempo. Con una mossa decisa tirò i miei fianchi in avanti, verso il bordo del divano, e rivendicò la mia fica con la sua bocca. Mi possedeva, con due dita che scivolavano all'interno, per riempirmi, e la sua bocca che lavorava sul clitoride.

Esplosi in tempo record, e stavo ancora pronunciando il suo nome quando fece cadere i pantaloni e tirò fuori il suo cazzo spesso e duro. Stava per prendere un preservativo, ma lo fermai. "Non ce n'è bisogno."

"Cosa?" Il suo sguardo si alzò per trovare il mio, e vidi libido selvaggia, bisogno, confusione. Adesso il cazzo stava controllando la mente, allora chiarii la cosa.

"Oggi ho parlato con l'infermiera. Dice che va bene così. Dice che ho preso la pillola a sufficienza."

Kit gettò via il piccolo involucro di alluminio e balzò in avanti, baciandomi con forza mentre il suo cazzo scivolò in profondità con una sola spinta violenta.

Rabbrividì, la sua reazione mi fece sentire potente, una donna importante, come se avessi appena conquistato il mondo.

"Cazzo, Crystal. Non sono mai entrato a nudo prima. Con nessuna. È così bello. Così dannatamente bello."

Lo scivolare della sua pelle sulla mia era fantastico, così intimo. Non c'era nulla che ci separasse.

Nulla. E non ci sarebbe stato mai. Mai più.

"Ti amo tesoro."

"Ti amo anch'io."

E quelle furono le ultime parole che pronunciammo per diverse ore.

―――

Continua a leggere per un'anteprima del prossimo episodio di Cattivi Ragazzi Miliardari... con
Il Suo Miliardario Misterioso.

LIBRI DI JESSA JAMES

Cattivi Ragazzi Miliardari

Una Vergine Per Il Miliardario

Il Suo Miliardario Rockstar

Il Suo Miliardario Misterioso

Patto con il Miliardario

Cattivi Ragazzi Miliardari - La serie completa

Il Patto delle Vergini

Il Professore e la Vergine

La Sua Tata Vergine

La Sua Sporca Vergine

Il Patto delle Vergini: La serie completa

Club V

Lasciati andare

Lasciati domare

Lasciati scoprire

Fidanzati per finta

Implorami

Come amare un cowboy

Come tenersi un cowboy

Una vacanza per sempre

Pessimo atteggiamento

Pessima reputazione

Ancora un altro bacio

Chiodo scaccia Chiodo

Dottor Sexy

Passione infuocata

Far finta di essere tuo

Desiderio

Una rockstar tutta mia

ALSO BY JESSA JAMES

Bad Boy Billionaires

A Virgin for the Billionaire

Her Rockstar Billionaire

Her Secret Billionaire

A Bargain with the Billionaire

Billionaire Box Set 1-4

The Virgin Pact

The Teacher and the Virgin

His Virgin Nanny

His Dirty Virgin

The Virgin Pact Boxed Set

Club V

Unravel

Undone

Uncover

Club V - The Complete Boxed Set

Cowboy Romance

How To Love A Cowboy

How To Hold A Cowboy

Treasure: The Series

Capture

Control

Bad Behavior

Bad Reputation

Bad Behavior/Bad Reputation Duet

Beg Me

Valentine Ever After

Covet/Crave

Kiss Me Again

Contemporary Heat Boxed Set 1

Handy

Dr. Hottie

Hot as Hell

Contemporary Heat Boxed Set 2

Pretend I'm Yours

Rock Star

The Baby Mission

L'AUTORE

Jessa James è cresciuta negli Stati Uniti, sulla costa orientale, ma è sempre stata affetta da una grande voglia di viaggiare.

Ha vissuto in sei stati, ha svolto tanti lavori ma è sempre tornata dal suo primo vero amore – la scrittura. Lavora a tempo pieno come scrittrice, mangia troppa cioccolata fondente, ha una dipendenza da caffè freddo e patatine Cheetos, e non ne ha mai abbastanza di maschi Alpha e sexy che sanno esattamente cosa vogliono – e non hanno paura di dirlo. Uomini dominanti, Alpha da amore a prima vista, sono i protagonisti delle storie che ama leggere (e scrivere).

Iscriviti QUI per la Newsletter di Jessa:
https://bit.ly/2xIsS7Q

www.ingramcontent.com/pod-product-compliance
Lightning Source LLC
LaVergne TN
LVHW011834060526
838200LV00053B/4020